AF402547

TUCIA VESTALE.

NOUVELLE HISTORIQUE.

DEDIÉE

A SON ALTESSE SERENISSIME

MADAME LA DUCHESSE

DU MAINE.

A PARIS,

Chez JACQUES-FRANÇOIS GROU,
Imprimeur-Libraire, ruë de la
Huchette, au Soleil d'Or.

M. DCC. XXII.
Avec Approbation & Privilege du Roy.

A SON
ALTESSE SERENISSIME
MADAME LA DUCHESSE
DU MAINE,

ADAME,

La Veſtale que j'ai l'honneur
de preſenter à VOTRE ALTESSE
SERENISSIME, *ne peut meriter*
ſon attention, que parce qu'elle

E P I T R E.

contient un modele parfait de la veritable sageſſe : J'oſe me flatter, *MADAME*, que Vous la trouverez digne d'occuper une place parmi les Heroïnes de Votre ſexe, & que l'élevation de ſes ſentimens & la droiture de ſon coeur, Vous ſerviront de miroir fidele, où Vous reconnoîtrez une partie de Vos Vertus.

J'ai l'honneur d'être avec un tres profond reſpect,

MADAME,

Le très-humble & très-obéïſſant Serviteur, le Chevalier de ***

AVIS
AU LECTEUR.

JE sçais, mon cher Lecteur, qu'il n'y a rien de nouveau sous le Ciel ; & si l'Histoire Romaine ne m'avoit fourni une Vestale aussi accomplie que Tucia, je me serois vû privé de te donner une légere idée de ses Vertus, qui au dire de Pline & de Valere Maxime ont fait l'admiration des siécles passés : pour moi, je t'avoüe, que j'ai pris un plaisir singulier à décrire les principaux évenemens de sa vie. Sa constance en amour, si peu en usage parmi les personnes de son sexe, m'inspiroit en écrivant une tendresse infinie : il me sembloit que mon cœur de concert avec le sien, se laissoit enflamer à cette douce passion qui la rendoit si aimable aux yeux de son Amant : J'ai souhaité cent fois qu'elle vécût encore, afin d'aller apprendre par moi - même plusieurs particularités, dont les Historiens n'ont point fait mention. Lis donc si tu veux ce petit Ouvrage, & si tu avois l'esprit mal fait, non seulement je désavouë ce que tu pourrois interpréter au mal ; mais j'en appel sur le champ à l'Histoire Romaine, comme le seul Tribunal, où je reconnoîtrai mon juge.

TUCIA
VESTALE,

NOUVELLE HISTORIQUE.

Ous le Confulat de Titus-Manlius-Torquatus & de Caïus-Attilius-Balbus, les Romains après s'être rendus maîtres de la Sardaigne, obligerent les Carthaginois d'envoyer à Rome des Ambaſſadeurs pour demander la joüiſſance de la Paix qui leur avoit été accordée. Cette Ville ſi belliqueuſe, qui

A

depuis Numa avoit presque
toujours eu des Guerres à soû-
tenir, vit fermer pour la secon-
de fois le Temple de Janus ,
(marque visible de la Paix generale.) On renouvella les Jeux
& les Spectacles que les malheurs des temps avoient mis en
oubli ; & comme la volupté se
glisse bien mieux dans un tems
d'oisiveté, que parmi le tu-
multe des Armes, on s'apper-
çût bien-tôt que la joye & les
plaisirs qui regnoient à Rome,
rappelloient une infinité d'Offi-
ciers de toutes les Provinces,
dont la politesse, & la somp-
tuosité se faisoit admirer des
peuples. Les Dames inventoient
chaque jour des ajustemens, &
par des manieres plus enjoüées

que par le paſſé, ſe défioient
entre elles à qui feroit plus de
conquêtes. Pluſieurs Senateurs
à l'exemple du Victorieux Torquatus, avoient leurs maiſons
ouvertes pour tous les gens de
qualité, & leurs tables qui
étoient ſervies avec autant de
délicateſſe que de magnificence, y attiroient un certain nombre de perſonnes de l'un & de
l'autre ſexe, qui par leurs doux
entretiens fourniſſoient à l'a-
mour de nouvelles armes.

Le ſeul Attilius Calatinus
General de la Cavalerie, que
ſes exploits en Sicile avoient
rendu recommandable, n'avoit
pour le beau ſexe que des manieres aiſées & indifferentes,
des yeux pleins de feu, une

action négligée, une parole douce & insinuante, répandoit dans sa personne un air aimable qui parloit en sa faveur ; sa vivacité naturelle, soutenuë par un grand usage du monde, lui donnoit un ascendant sur les cœurs, dont tout autre que lui n'auroit pas manqué de se prévaloir ; mais les heureuses inclinations qu'il avoit pour les armes, l'ayant occupé dès sa plus tendre jeunesse, il croyoit que l'amour, bien loin de former un homme à la gloire, ne servoit au contraire qu'à le rendre plus esclave de ses passions. Je ne conçois pas, disoit-il, à Torquatus, dequoy sont capables ceux qui plongez dans une vie molle

& effeminée, prétendent de
parvenir au Gouvernement des
Provinces. Je suis persuadé que
ces sortes de personnes, quoi-
que nées avec toutes les qualités requises pour le Commandement, se laissent aisément
posseder par l'objet qui les cap-
tive, & si quelquefois on voit
des peuples subjugués, secoüer
le joug de la domination Romaine, il ne faut point douter
que la complexion tendre d'un
Gouverneur, qui n'accorde des
graces que par le canal d'une
Maîtresse, ne donne lieu à cette
lâche complaisance, qui nous
rend si odieux aux autres Nations. Cette passion, repliqua
Torquatus, à qui ce discours
sembloit s'adresser, est d'autant

plus innocente, qu'elle est in-
volontaire ; les plus grands
hommes ont crû, qu'elle n'é-
toit point incompatible avec la
vertu; & souvent même ils s'en
sont servi, pour parvenir à ce
dégré de gloire, que nous ad-
mirons en eux. Comment peut-
on, repartit Calatinus, sacri-
fier sa liberté, perdre le tems
le plus précieux auprès d'une
Belle, qui après vous avoir
comblé de ses faveurs, se ré-
serve toujours de son côté l'inconstance & la légereté ; non
selon moi la plus belle de toutes les femmes, ne merite pas
qu'un homme sensé perde un
moment de son temps avec elle,
& c'est faire un vol à la Republique, que de souffrir que la

jeuneffe, qui doit être le plus ferme appui d'un Etat, fe corrompe par des plaifirs qui lui font oublier ce qu'elle doit à la patrie. Cette converfation qui commençoit à déplaire à Torquatus, l'obligea de garder le filence, & de fouhaiter qu'il reffentit un jour la violence d'une paffion à laquelle il eft tres difficile de réfifter.

Sur ces entrefaites, un Prêtre Salien vint annoncer au Conful, de la part du grand Pontife, pour fe trouver à la reception d'une Veftale. Hannon Ambaffadeur des Carthaginois, perfonnage d'un merite tres diftingué, & dont le génie n'avoit pas peu contribué à obtenir des avantages confiderables en faveur

A iiij

de ſa Nation, fut du nombre
de ceux qui allerent au Temple
de Veſta. Déja le peuple aſſem-
blé, attendoit avec impatience
celle que le ſortdevoit mettre au
nombre des Veſtales. Le Pontife
en habit de cérémonie, préſen-
toit l'Urne ſacrée à vingt filles
qui aſpiroient toutes àcette marque d'honneur, lorſque Hannon
curieux de ſçavoir une partie
de leur inſtitution, pria Metellus de lui apprendre ce qu'il
en ſçavoit. La principale fonc-
tion des Veſtales, lui dit Metellus, eſt d'entretenir le feu
ſacré, ſans le laiſſer éteindre,
& ſi ce malheur arrivoit par
leur négligence, elles feroient
punies tres ſéverement par le
Pontife. Il faut qu'elles ſoient

Vierges, fans aucun défaut de
corps, & d'une naiſſance qui
ait produit des hommes Illuſ-
tres à la Republique. On les
reçoit dés l'âge de ſix ans, &
lors qu'elles en ont paſſé trente
au ſervice de la Déeſſe Veſta,
il leur eſt libre de ſe marier,
ou de reſter dans la maiſon,
pour aſſiſter les autres Veſtales
de leurs conſeils. Quand elles
ſortent en public, on voit marcher devant elles un Huiſſier,
avec les faiſſeaux ; & ſi elles
rencontroient en leur chemin
les Conſuls, ou quelques grands
Magiſtrats, ils ſont obligés de
ſe détourner, & de faire baiſſer
les marques de leurs dignité :
Elles ſont les Dépoſitaires des
Teſtamens & des Actes les plus

A v

secrets de l'Empire : Elles oc-
cupent une place distinguée
aux Jeux & aux Spectacles ; si
un homme étoit assés impie,
pour séduire une Vestale, il seroit foüeté jusqu'à la mort. De
grace, dites - moi, repartit
Hannon, quel est le suplice
qu'on destine à la Vestale, qui
est convaincuë d'impudicité.
Celle qui a perdu sa chasteté,
ajoûta Metellus, est enterrée
toute vive proche la porte Co-
line ; on la fait descendre dans
un Caveau, qui est orné d'un
lit & de plusieurs autres choses
necessaires à la vie, afin qu'un
corps consacré par de si de-
votes cérémonies ne périsse
point par la faim : le Pontife
avant de livrer la coupable au

fuplice, joint fes mains vers le
Ciel, pour conjurer les Dieux
d'apaifer leur colere ; le peuple
tout confterné, obferve un profond filence, & regarde le crime de cette Veftale, comme
un funefte préfage pour la République.

Le bruit de plufieurs inftru-
mens ayant empêché Metellus
de continuer fon difcours, il
fit figne à Hannon de jetter les
yeux fur Clelie fille de Lucius.
Emilius, qu'on venoit de con-
facrer Veftale. Le peuple faifoit
déja retentir fa joïe par des cris
d'allégreffe, & marchoit en
foule, pour être témoin d'une
cérémonie, qui fe pratiquoit
en pareille occafion. On avoit
expofé la Déeffe Vefta fur une

Châsse enrichie de diamans ,
& les Vestales qui l'accompa-
gnoient, formoient par les doux
chants de leurs voix , une musi-
que digne de la gloire des
Dieux. Tucia que le Pontife
faisoit marcher à la gauche de
la grande Vestale , chantoit
des Hymnes à l'honneur de la
Déesse ; sa voix étoit legere &
insinuante dés qu'on y prétoit
l'oreille ; on sentoit une douce
tendresse qui amollissoit le cœur;
ç'étoit une beauté simple &
modeste , qui inspiroit en la
voyant un tendre amour pour
la vertu ; sa robe plus blanche
que la neige, lui traînoit à longs
plis : un air noble & majestueux
imprimoit tout à la fois le respect & l'admiration , une pu-

deur aimable étoit repanduë
sur son visage, son esprit ni son
son corps ne se paroît jamais de
vains ornemens ; & si elle ou-
vroit la bouche pour parler ,
la douce persuasion & les graces naïves couloient de ses lé-
vres.

Les yeux de Calatinus fixés
sur les charmes de cette Vestale,
flatoient agréablement son imagination : il croyoit d'abord en
la regardant ne ressentir qu'un
de ces plaisirs innocens , qui
fait les délices d'une personne
raisonnable, & se fondant bien
plus sur sa propre raison que
sur ses forces, il s'abandonnoit
avec joye aux doux penchans
d'une profonde réverie (commencement toujours certain

d'une paffion naiffante :) c'eft
asnfi que l'amour, comme un
poifon fubtil, paffe dans un
moment de nos fens à nos
cœurs, & nous cache fous de
belles apparences les plus af-
freufes amertumes : un fimple
regard de Tucia eft un coup
de foudre pour Calatinus, fon
cœur fe fent brûler d'une flâme
qu'il ne fçauroit éteindre : fa
gayeté qui accompagnoit auparavant une partie de fes actions,
difparoit avec fon indifference:
l'attention qu'on avoit à la cérémonie, empêcha qu'on ne
s'apperçeut de fon trouble, mais
à peine fut-elle finie, que le
Pontife, fuivi de la grande
Veftale & de Tucia, prierent
les Confuls & les principaux de

leur suite, de paſſer dans le
Bois ſacré de la Déeſſe Veſta.
Ils trouverent en arrivant un
Pavillon orné de fleurs & de
verdure. Les principales Loix
de Numa y étoient repreſen-
tées par les plus habiles Pein-
tres de la Grece : une table les
y attendoit couverte de mets
les plus exquis : une muſique
choiſie, animée par l'harmonie
de quantité d'inſtrumens, obligeoit les échos d'alentour de
repeter pluſieurs fois les loüanges de Veſta. La grande Veſtale chargée de faire les hon-
neurs de la Fête, queſtionnoit
ſouvent Hannon ſur les mœurs
& la Religion desCarthaginois.
Elle avoit une converſation
douce & ſpirituelle, qui entre-

tenoit également tous les conviés. Je voudrois bien sçavoir, disoit-elle à Calatinus, si dans la Guerre que vous avez fait en Sicile, vous n'auriez point connu Tiberius-Gracchius, frere de Tucia. C'est un nom, Madame, trop précieux à la République, répondit Calatinus, pour n'être point gravé dans les cœurs des Citoyens Romains. Je l'ai veu combattre de mes propres yeux devant Siracuse, avec une valeur digne des anciens Gracchus, & j'ose même vous assûrer qu'il s'est attiré par une conduite irréprehensible, l'amour de nos Soldats, & l'estime de nos ennemis. Tucia sensible aux loüanges d'un frere qu'elle qu'elle cheriſſoit ſi tendrement, crût devoir reconnoître les politeſſes de Calatinus : Elle y répondit d'une maniere ſi obligeante, & accompagna ſes paroles avec tant de graces, qu'elle acheva d'en triompher. Le Pontife ajouta auſſi, que c'étoit un moyen aſſûré de faire la cour à Tucia, que de lui parler avantageuſement de Tiberius - Gracchus, qu'il doutoit fort, que dans Rome on vit un frere & une ſœur s'aimer avec plus de délicateſſe, & qu'avoir leurs Lettres, on les prendroit pour deux Amans, qui ſe ſont voüez une tendreſſe mutuelle.

Calatinus rempli de ſa paſſion ne ſongeoit qu'aux moyens

de pouvoir s'introduire chez la grande Veſtale, il ſçavoit que le Pontife, homme plein d'amour propre; ſouffroit pieuſe-ment la flatterie, & faiſant tous ſes efforts, pour s'inſinuer dans ſon eſprit, il le loüa ſi delicate-ment pendant le repas, qu'il obtint de lui la permiſſion, de voir la grande Veſtale; il avoit beſoin de toute ſa diſſimulation pour empêcher qu'on ne décou-vrit le veritable motif, qui le faiſoit agir : car il eſt bien dif-ficile à un homme, qui aime de cacher ſa joye, lorſqu'on lui procure les moyens de voir l'ob-jet de ſon Amour.

Le Pontife qui s'apperceut que l'heure s'aprochoit de faire la priére accoûtumée, pour le ſalut de l'Empire, fit un Compliment aux Confuls fur la neceffité qu'on a de s'acquitter envers les Dieux ; & Calatinus qui ne cherchoit qu'une occafion favorable de s'entretenir feul, fe retira chez lui, réfo'u de combattre une paffion, dont il reffentoit déja de fi vives atteintes ; là il rapelloit toute fa raifon, pour effacer de fon idée les chaftes attraits de Tucia : Quoi, difoit-il, plongé dans une affreufe mélancolie, n'ai-je donc refifté fi long-tems à ce Dieu, que pour en reffentir plus vivement la malignité; enfin accablé de trifteffe & d'ennui, il crut que le fommeil qui adoucit toutes nos peines, pouroit mettre quelque intervale à fa douleur ; mais l'amour qui vouloit fe venger de fon indifference, lui aparut en fonge ; fes yeux étoient menaçans ; fon fourire étoit mocqueur & malin ; il tenoit en fes mains fes redoutables traits, dont il vouloit percer l'infortuné Calatinus, lorfqu'un Dieu plus puiffant, lui retenant la main, abandonne, lui dit-il, ce mortel à fa propre foibleffe, & laiffe le foin à la nature de te venger.

Calatinus frapé de ces paroles, fe trouva aprés fon reveil dans un abatement inconcevable, il fe vit tout à coup accablé par le fouvenir de Tucia, & fon cœur eft rongé par une infinité de foucis, la feule Campagne, fidele féjour de l'inno-

cence, lui paroît propre pour
se diſſiper, il ſe reſſouvint auſſi-
tôt, que Claudius - Glicias un
de ſes anciens amis, s'étoit retiré aux environs de Tivoli. Ce
Glicias, que ſes ennemis dépei-
gnoient comme un ambitieux,
& un ſuperbe, parce qu'il avoit
fait de ſon propre mouvement,
un Traité avec les Gorſes déſ-
avantageux à la République,
étoit d'un âge qui le mettoit à
l'abry des impetueuſes ſaillies
de la jeuneſſe; ſes malheurs l'a-
voient rendu capable de donner de bons conſeils. Calatinus s'y tranſporta, & Glicias
ſurpris de le voir dans un lieu
ſi peu frequenté : pouroit - on
vous demander, lui dit - il en
l'embraſſant tendrement, le ſu-

jet de votre voyage, vous me
paroiſſez tout changé, vos yeux
abbatus, cette couleur effacée,
cet air ſombre & mélancolique,
me feroient juger que l'amour
a quelque pouvoir ſur votre
cœur. Calatinus ne ſçavoit
que répondre, ſon viſage le
trahiſſoit, il ne pouvoit diſſi-
muler une paſſion, dont il n'ê-
toit déja plus le maître : il n'eſt
que trop vrai, mon cher Glicias, & puiſque votre expe-
riencevous a rendu ſi pénétrant,
enſeignez - moi un moyen aſſûré pour rompre des chaînes qui
me rendent ſi méconnoiſſable
aux yeux de mes amis. Que
votre ſort eſt mal-heureux,
repliqua Glicias, d'avoir donné une entrée dans votre cœur

à ce poifon mortel ; fçachez que
toutes les raifons que je pourrois vous alleguer feroient trop
foibles contre la violence de
ce venin ; je me contenteray
feulement de vous faire le recit
d'une avanture qui m'eft arrivée à ce fujet, & qui ne fervi-
ra pas peu à vous découvrir les
malheurs aufquels on eft expofé, lorfqu'on a la foibleffe
d'aimer conftáment Un gazon
fleuri fous des arbres touffus,
invita Glicias d'y conduire
Calatinus, & s'étant affis, il parla ainfi.

Ceux qui font d'une naiffance
à pouvoir afpirer aux plus grandes dignités, doivent être in-
formés dés leur enfance, qu'il
n'y a qu'un bonheur continüel,

qui puisse fixer la plûpart des amitiés : Il est presque impossible de suivre les regles politiques que la raison & l'experience ont long-tems autorisées : les maximes anciennes sont peu convenables au tems present, & la sagesse du monde a ses vicissitudes, comme tout autre chose : il n'est pas concevable combien j'ai fait de fautes par un principe contraire ; & si les traverses dont ma vie a été agitée, ne m'avoient appris par experience à connoître les hommes, j'ignorerois encore que la prudence la plus *exquise* des mortels ne consiste souvent, qu'à s'accommoder à la corruption de leur siécle.

L'amour

L'amour que j'eus pour Cornelie, & le voyage que je fis dans l'Isle de Gorce, ont été la source de tous mes malheurs; j'avois connu son pere Pecuniola, Colonel d'une Legion en Cicile, qui par une valeur mal placée, reduisit sa famille dans une affreuse pauvreté, le Consul Aurelieus l'avoit laissé devant Lipare, en attendant qu'il pû le joindre avec un renfort de Troupes : mais Pecuniola méprisant ses ordres, crût qu'il lui seroit bien plus glorieux, pendant son absence d'emporter cette place, il eut la témerité de faire donner un assaut general, & ses troupes n'ayant pas eu le succés qu'il

en efperoit, il le vit réduit dans
la dure neceffité d'abandonner
fon Camp à la valeur des Af-
fiégez. Aurelius juftement irrité de fa défobéiffance , lui
ôta à fon retour , le rang qu'il
avoit dans l'Armée, le fit battre à coups de verges & l'obligea de fervir par une feverité
fi mémorable en qualité de
fimple foldat; je vous avoüe,
mon cher Calatinus , qu'un
châtiment fi rigoureux , exer-
cé envers un des meilleurs Of-
ficiers de l'Armée, m'infpira
une haïne fecrette contre le
Conful ; j'avois beau lui reprefenter qu'il falloit avoir
quelque égard aux longs fervices de Pecuniola , & au fang
qu'il avoit fi fouvent répandu

pour l'Etat, il me répondit avec
sa gravité naturelle, que si les
fautes de ceux qui avoient rendu de grands services à la Republique, demeuroient impu-
nies, on ne se serviroit dorénavant de la vertu que pour
violer les loix les plus sacrées.

Pecuniola sçachant que je
devois retourner à Rome, me
recommanda en partant les interêts de sa famille ; le pitoya-
ble état où je le voyois réduit,
me toûcha si sensiblement, que
j'employoit tout mon crédit,
pour lui faire obtenir quelque
grace.

Cornelie que je n'avois pas
encore vûë, s'informoit avec
beaucoup de soin, du tems que
je devois arriver à Rome. Un

jour que je ne fongeois qu'à me
délaſſer des fatigues de mon
Voyage , je la vis entrer dans
ma chambre avec ſa mere : Elles
ſe jetterent d'abord à mes pieds,
pour me remercier des ſervices
que j'avois rendus à Pecuniola;
les larmes qu'elles répandoient
en abondance, ne m'empêche-
rent point d'admirer la beauté
de Cornelie : Seigneur , me
diſoit cette charmante fille ,
avec une voix entre-coupée &
mêlée de ſanglots , n'abandon-
nez pas ma chere mere à ſon
deſeſpoir : Elle neſurvivra jamais aux malheurs de mon pere
ſi elle ne trouve dans vôtre perſonne un Protecteur & un Amy
qui lui tienne lieu de Pecuniola
je ne vous demande rien pour

moy, j'espere que les Dieux, auxquels je me suis voüée, ne m'abandonneront point. Trop heuréuse, si par le travail des mes mains je puis me procurer un jour une place parmis les Vierges voilées. Il me sembloit que l'affliction qui étoit répenduë sur le visage de Cornelie, donnoit de nouvelles graces à ses paroles ; je sentoit qu'elles avoient fait déja toute l'impression qu'elle pouvoit souhaiter ; mais faisant un effort pour cacher mon trouble, je la réleuais, en l'asûrant que la mauuaise fortune de son pere, ne m'inspireroit que des sentimens genéreux, pour tout ce qui lui appartenoit , & que dans peu de jours, je me flattoit de leur en donner des marques.

Je n'ofois cependant me livrer à une paffion, dont je craignois les fuites ; je fçavois par expe-rience, que le choix de la plû-part de femmes n'eft fondé que fur leur caprice & leur légereté, & que le merite des hommes, n'eft pas toûjours un garant fûr pour les rendre conftantes : J'a-vois eu déja plufieurs maîtref-fes, qui toutes fous differents prétextes m'avoient trompées, elles me promettoient, avant d'aller à la Guerre une fidelité à toute épreuve ; je choifirois plûtôt la mort, me difoient elles en partant, que d'oublier un feul moment mon cher Glicias, les fermens les plus facrés, & les larmes qu'elles fçavoient ré-

pandre avec artifice, achevoient
de me perſuader : mais la Campagne étoit-elle finie , l'une
m'écrivoit que la crainte des
Dieux, l'obligeoit de changer
de vie , l'autre , m'expoſant la
jalouſie de ſon mary, dont elle
avoit lieu de tout craindre, me
demandoit mon eſtime & mon
amitié , une autre encore, rejettant ſon inconſtance ſur la
perſécution de ſes parens , me
forçoit de favoriſer ſes caprices:
Enfin, toutes cherchant des raiſons pour pallier leurs infideli-
tés , rempliſſoient leurs lettres
de termes captieux , & propres
à rompre l'intrigue la mieux
formée : Je vous avouë , mon
cher Calatinus, que cette façon
d'agir, ſi contraire à mes ſen-
C iiij

timens, m'avoit inspiré un parfait mépris pour ce sexe ; je m'imaginois que la veritable sagesse des femmes, provenoit bien plus de leur temperament, que de leur vertu, & que cette séverité, qui paroît sur leur visage, n'étoit qu'un jeu concerté, pour s'attirer plus adroitement des Adorateurs.

Les charmes de Cornelie, me firent passer par-dessus toutes ces raisons, il me sembloit qu'étant née sans bien, fille d'un homme deshonoré, & d'une naissance inferieure à la mienne, elle pouroit fixer une partie de mes desirs, & me figurant déja cette Conquête moins difficile que plusieurs autres, je crû qu'un peu de soin & des

fervices rendus à propos, fuffi-
roient pour m'infinuer dans le
cœur de cette fille; mais je trou-
vais que l'indigence qui affoi-
blit prefque toûjours les beaux
fentimens, donnoit un nouvel
éclat à fa vertu ; elle refufa
genereufement les offres que je
voulus lui faire & me regardant
avec un air propre à infpirer du
refpect, & me fit comprendre,
que ce n'étoit pas le vrai moyen
de lui plaire, que de l'entretenir de fa mauvaife fortune : Si
les Dieux, me difoit-elle, me
privent aujourd'hui de mille
chofes néceffaires à la vie, ils
n'effaceront jamais en moy cette grandeur d'ame, qui me fait
regarder les richeffes comme un
écuëil, contre lequel toutes les

vertus fe brifent. Je me jettais
à fes pieds, pour la conjurer de
vouloir difpofer de tout ce que
j'avois au monde, que mon
cœur fenfible à fes charmes ne
fuivroit à l'avenir que fes volontés, que ma deftinée ne fçauroit être heureufe, qu'autant
qu'elle feroit le bonheur de la
fienne; Cornelie que ce difcours
commençoit à toucher, fe dif-
pofoit à me repondre, lorfque
deux Prêtres Saliens, entrans
brufquement où nous étions,
me furprirent dans une conte-
nance à leur faire juger que
j'étois écouté favorablement.
La rougeur qui paroiffoit fur le
vifage de Cornelie, & le trouble qu'ils voyoient dans mes
yeux, acheva de les perfuader;

ils diffimulerent ce qu'ils a-
voient vûs, & feignant d'avoir
quelque affaires à communiquer à la mere, ils pafferent
dans fon appartement, nous
laiffant Cornelie & moi dans
une confufion qu'il me feroit
trés difficile de vous exprimer;
& qu'aviez-vous donc à craindre des Saliens, interrompit Calatinus : quoy, répondit Glicias, furpris d'une queftion à
laquelle il ne s'attendoit pas :
eft-il poffible qu'un Romain
ignore dequoi font capables les
Saliens, & que je fois obligé
de vous apprendre, ce que tant
de gens ont éprouvé par de fi
fâcheufes experiences ? Je con-
viens avec vous, repliqua Calatinus, que je devrois être inftruit

de leurs fonctions, mais comme
vous fçavez, que les Guerres
que nous avons foûtenuës contre les Carthaginois & autres
peuples differens, ont occupé
une partie de ma jeuneffe loin
de Rome, vous me fairiés plaifir de m'en donner une legere
idée, par une courte digref-
fion.

Les Saliens, répliqua Glicias,
font Prêtres de Mars, ils habitent fur le Mont-Palatin, & fe
mêlent des Alliances, des Li-
gues, des Confederations, de
la Paix, des Tréves, des Am-
baffades; ils décident, fi les
Guerres qu'on entreprend font
légitimes ou injuftes; ils font
deftinés à l'Interprétation des
Oracles, & particulierement

de ceux de la Sibille, souvent sous divers prétextes, ils font semblant d'appaiser les Dieux par des Sacrifices, non qu'ils le fassent par aucun motif de Religion, mais bien par une ambition démesurée de s'agrandir & de s'insinuer dans l'esprit des Peuples. Les principaux Magistrats, par une sage prévoyance, s'en servent pour découvrir les conspirations qui peuvent se trâmer contre la Republique, & pour se faciliter l'entrée des plus Illustres Familles ; ils prénent pour prétexte de leurs fréquentes visites, les Oracles & les Prédictions qu'ils se flattent de devéloper & tirer par ce stratagême les secrets les plus importans : Ils n'affectent de la devotion, que quand elle leur eſt utile, ou pour renverſer leurs ennemis, ou pour s'attirer de la reputation : Ils la ſçavent cependant fixer ſi bien en certaine rencontre, qu'on la croiroit invariable; leur exterieur compoſé, leurs viſages mortifiés, leur habit ſimple & négligé, les yeux baiſſés, une grave modeſtie, un recuëillement profond, ſemblent rapeler l'Image des anciens Philoſophes; il eſt enfin trés difficile de ne pas s'y tromper, mais leur êtes-vous oppoſés en quelque choſe, qui les regarde perſonnellement : Venez-vous à la traverſe rompre leurs pieuſes meſures; combattez-vous leurs ſentimens, avez-vous dans les maifons dont ils efperent quelque bien, un libre accés qui leur fait ombrage: Sont-ils parvenus à leur but, ils lévent le mafque, cette premiere aufterité fe rélache, ils s'apprévoifent avec le fiécle, leurs yeux, leurs geftes, leur ton de voix, font fort differens; ils ne fe contraingnent plus côme auparavant, & l'on s'étonne de s'être laiffé furprendre par des apparences fi trompeufes.

Vous reconnoîtrez par la fuite de mon difcours, que je ne vous avance rien qui ne foit vraifemblable; car, auffi-tôt qu'ils furent entrés chez la mere de Cornelie, ils exagererent à combien de dangers fa fille s'expoferoit, fi elle écoutoit un

homme tel que Glicias, qu'elle
vienne quelquefois au Temple
de Mars, difoit-ils, là nous
confulterons les Oracles, fur
la conduite qu'elle doit tenir,
nous invoquerons les Dieux par
des Sacrifices, pour porter Glicias à ne rien éxiger d'elle, que
par la voye de l'Hymenée. Bien-
tôt je m'apperçûs que les Saliens avoient un pouvoir abfolu
fur l'efprit de fa mere, & qu'il
ne falloit rien négliger, pour
me les rendre favorables : J'or-
nay leurs Biblioteques de plufieurs Livres curieux, que je fis
venir d'Egypte, & me rendant
fort affidû à leurs Sacrifices, je
me déclaray authentiquement,
un de leurs plus zelés Secta-
teurs : cette conduite, bien loin

de

de m'attirer leur confiance, ne
fervit qu'à leur faire obferver
plus éxactement mes actions,
& pour mieux y réüffir, ils
m'entretenoient continuellement du merite & de la vertu
de Cornelie, leurs paroles pro
noncées avec cet Art qui leur
eft fi naturel, entroient jufques
dans le fond de mon cœur, je
fentois que je ne pouvois plus
vivre éloigné de ma chere Cornelie, un air refervé qu'elle affectoit depuis nôtre dernier entretien, augmentoit ma paffion,
elle évitoit fouvent de me parler en particulier, mais un jour
qu'elle fortoit du Temple de
Mars, je l'arrêtay en lui donnant la main : quoy me fuirez
vous toûjours, ma chere Cor-

D

nelie, ne me procurerez-vous
jamais quelque occasion de
vous exprimer ma tendresse?
Ah! Si vous sçaviez ce que je
souffre, vous cesseriez d'accabler un malheureux, qui met
tout son bonheur dans l'espoir
de vous posseder: Je ne vous
cacheray point, Seigneur, me
répondit Cornelie en rougis-
sant, que vôtre merite & vos
empressemens n'ayent sçû gagner mon estime & ma reconnoissance; mais comme ma fortune n'est point égale à la vôtre,
& que je me flatte d'ailleurs,
que vous ne voudriés point me
voir sur le pied d'une maîtresse,
Je vous exhorte, par la plus pure
amitié que j'ai pour vous, de
m'oublier, puisque vos frequen-

tes visites ne peuvent qu'alterer
ma vertu : Je l'obligeay de ren-
trer dans le Temple de Mars,
là, en presence des Dieux, je
lui jurai une foy inviolable,
la conjurant par des termes les
plus passionnés, de consentir à
l'union de nos destinées. Cornelie me repliqua avec beaucoup de sagesse, qu'elle ne pouvoit disposer de ses volontés,
sans le consentement de sa mere, & que la gloire d'être la
femme de Glicias, la flattoit
trop, pour en être si aisement
persuadée. Je fus si satisfait de
sa reponse que je ne songeois
plus qu'à prendre des promptes
mesures, pour joüir de mon
bonheur : Je rédoublai mes
assiduités, & sa mere me

regardant déja comme son gen-
dre , me laiffoit la liberté de
fuivre fa fille , aux Jeux & aux
Spectacles ; Cornelie qui avoit
une certaine vanité attachée à
fon fexe , étoit charmée de paroître avec moy aux yeux des
Peuples ; l'on m'avoit donné
cette année là l'Infpection des
Jeux , & j'ofe vous affûrer , que
je n'oubliay rien pour les rendre fuperbes ; je fis une dépen-
fe prodigieufe , pour y faire
reprefenter tout ce qui pouvoit
flatter le goût de Conelie , fa
conftance à vouloir que je fuffe
toûjours avec elle , donna lieu
aux médifans , d'exercer leurs
langues ; mais les Saliens par
une fage politique, répandirent
dans le monde , que je devois

l'époufer : Alors toute ma famille & mes meilleurs amis,
allarmés d'un bruit fi défavan-
tageux à ma gloire, crurent
être en droit de s'oppofer à une
alliance qui alloit les couvrir
de confufion, ils inventerent
tout ce que la malice à de plus
noir pour me rendre Cornelie
odieufe, & voyant l'impoffibi-
lité d'y réüffir, ils m'abandon-
nerent à moy - même. J'allay
voir Cornelie le même jour, à
qui je rendis compte de ce qui
venoit de fe paffer, je la trouvay
cent fois plus belle qu'auparavant : Elle me témoigna une fi
vive reconnoiffance des fentimens que j'avois pour elle, que
je refolus fans plus differer de
l'époufer, je voulois attendre le

foir, pour lui en donner la
nouvelle, afin de la furprendre
plus agréablement ; je me cou-
lai à l'entrée de la nuit dans
un petit Jardin où elle avoit,
accoûtumé de fe promener, je
la vis paffer quelque-tems aprés
dans un Bofquet, qui par des
Sentiers dérobés, la condui-
foit dans un cabinet de verdure,
un habit propre & négligé, me
la fit paroiftre plus aimable,
qu'auparavant, je fentis un
plaifir fécret de la fçavoir dans
un lieu fi convenable à mon
amour, & marchant légere-
ment fur fes traces, je me glif-
fai fans bruit dans l'endroit où
elle étoit : mais, ô ! Dieux,
quelle fut ma furprife ? Le fouvenir m'en fait encore horreur,

je ne puis y penser sans frémir, je vis cette Cornelie, qui faisoit le doux objet de ma tendresse, je la vis, dis-je, entre les bras d'un Esclave de son pere, je mis d'abord la main à mon épée, pour immoler ces perfides à ma juste fureur, mais cette infidele se jettant à mes pieds, me demanda pardon de sa foiblesse, sa gorge qui se découvroit négligemment, & l'abondance des larmes qui couloient de ses beaux yeux, suspendirent ma vengeance, je craignis que mon cœur excité par un secret mouvement de pitié, ne me força d'oublier son infidelité, je balancai d'abord sur le party que j'avois à prendre ; enfin la regardant d'un air

de mépris, allez, lui dis-je,
vous êtes un monstre d'ingratitude, que je vais fuïr le reste
de mes jours. Cornelie pénetrée
dans ces paroles, ne songea,
aprés mon départ, qu'à mettre
sa réputation à couvert, elle
envoya chercher les deux Saliens, dont je vous ay déja par-
lé, & en préfence de sa mere,
elle leur dit, que je m'étois
caché la nuit dans le Jardin, &
que sans l'Esclave de son pere,
qui s'y étoit trouvé par hazard,
elle auroit souffert de moy les
dernieres violences, il n'en
fallut pas d'avantage, pour
mettre tous les Saliens en campagne ; ils publierent dans Rome mille calomnies sur mon
sujet, & donnant à mon amour
mille

mille couleurs differentes, ils
me firent paſſer pour un homme
vain & ſuperbe, qui ſacrifioit
les femmes les plus ſages à ma
vanité : La mere de Cornelie,
irritée contre moi, me fit dire
par un Salien, de ne plus paroître chez elle ; enfin, toutes
les Dames prévenuës à mon
deſavantage, me regardoient
comme un homme, dont l'eſprit & le caractere étoient également à fuïr. Je ne pouvois me
juſtifier, ſans rendre la honte
de Cornelie publique ; l'amour
que je reſſentois encore pour
elle m'obligea de ſacrifier ma
réputation, pour lui conſerver
ſon honneur. Elle aſſiſtoit fort
réguliérement aux Sacrifices,
& à meſure que ſa vertu ſe for-

tifioit , mon nom devenoit odieux à Rome. J'appris en ce tems - là , que Caïus - Licinius devoit paſſer dans l'Iſle de Gorce, avec un renfort de Troupes, je le priai de vouloir bien m'employer à cette expedition, pour m'éloigner d'une Ville qui m'étoit devenuë inſuporta- ble : Il me chargea de traiter avec les Gorces ; mais les Sa- liens , par une brigue ſecrette , porterent le Sénat à deſavoüer mon traité : Je fus livré entre les mains des Gorces, qui me réduiſirent dans une affreuſe captivité. Enfin , la viciſſitude des tems m'ayant rendu ma li- berté , je revins à Rome, reſolu de chercher une retraite , éloi- gnée de la malice des hommes :

mais vous le dirai-je, mon cher Calatinus, l'amour, ce tyran des cœurs, me perfécute jufques dans ma folitude, l'idée de Cornelie, quoi qu'infidele, vient fouvent troubler l'inno-cence de mes plaifirs, le tems même, qui anéantit toutes cho-fes, n'a pû effacer fes charmes de mon imagination. Apprenés-donc à mon exemple, à ne point vous livrer aux premiers mouvemens d'une paffion naif-fante, & fouvenez-vous que ceux qui fe picquent le plus de conftance en amour, ne font pas toûjours les plus heureux.

Quelque furprenante que fut l'avanture de Glicias, elle ne toucha que foiblement Calati-nus; il fçavoit faire la diffe-

rence d'une personne élevée
dans l'artifice du monde, d'avec
celle qui nourie dans la vertu,
ignore la corruption du siécle.
Il faudroit, disoit il à Glicias,
une sagesse bien solide, pour se
soutenir parmi les écuëils d'une
vie si tumultueuse; & aprés tout,
il est aisé de concevoir, que
ceux qui veulent s'y fixer, é-
prouvent tôt ou tard, que l'inconstance & l'infidelité sont
le partage de ces sortes de femmes. Pour moi, je n'ai rien à
craindre de l'objet qui me cap-
tive, voüé dès la plus tendre
enfance au service d'une Déef-
se, soûtenuë par l'exemple de
tant d'illustres Compagnes,
animée par les sages instruc-
tions d'une Superieure éclairée,

elle vit encore dans cette heureufe innocence qui lui fait
ignorer les rufes de l'Amour :
Quoy, interompit Glicias, furpris de ce qu'il venoit d'entendre, feroit-ce une Veftale, à
qui vous adreſſeriés vos vœux?
Ignorez-vous la féverité de nos
Loix ? Voulez-vous attirer fur
l'Empire la colere des Dieux ;
non, Calatinus, éteignés un
feu, qui ne peut que vous être
funefte ; n'allez point ravir aux
Dieux des cœurs qui leur font
confacrés ; craignez, que leur
jufte jaloufie ne vous faſſe reffentir un jour l'effet de leur
vengeance ; n'approchez de
leurs Autels, que pour y fou-
mettre vôtre deftinée : car, fi
vous étiés affés impie pour pro-

faner les lieux où ils habitent, vôtre vie qui seroit traverſée de mille malheurs, ne vous feroit que trop connoître combien il eſt dangereux de les irriter.

La force avec laquelle Glicias prononça ces paroles, auroit détourné tout autre que Calatinus ; mais uniquement occupé de ſa chere Tucia, il ſe reſſouvint qu'on devoit faire un Sacrifice dans le Temple de la Concorde, où les Veſtales étoient obligées d'aſſiſter. Les momens ſont trop précieux à ceux qui aiment pour les perdre, & donnant à Glicias toutes les marques d'une ſincere amitié, il l'aſſûra en partant, que ſans la ratification du Traité des Cartaginois, où ſa Charge

de General de la Cavalerie l'a-
pelloit, il auroit joüi plus long-
tems de sa conversation.

A peine fut-il arrivé à Rome,
qu'il se transporta au Temple
de la Concorde: déja la victime
ornée de festons, parée de ban-
delettes de diverses couleurs,
frémissoit à l'aspect de la hache
sacrée ; le Pontife le couteau à
la main, n'attendoit plus que le
signal pour l'égorger ; les Augures qui se préparoient à con-
sulter les entrailles palpitantes,
faisoient observer un profond
silence ; la gravité du Sénat ;
la magnificence des Ambassa-
deurs ; la feinte piété des Prêtres inspiroient aux Peuples le
respect & l'admiration. La foule
qui empêche Calatinus de dé-

couvrir fa chere Veftale , eft un foible obftacle à fon amour. Impatient de réjoindre ce qu'il aime, il s'avance, il coure, & perçant les lieux les plus in-acceffibles, il va fe placer à l'op-pofite de Tucia ; fes yeux atta-chés fur les fiens, cherchant de pénetrer les fentimens de fon cœur , crûrent démêler qu'elle étoit fenfible à fes em-preffemens ; l'amour qui ne ref-pecte point les lieux les plus facrés, fit éprouver alors à Tu-cia qu'elle étoit digne de fon Empire ; fa raifon à la vûë de Calatinus, ne combattoit que foiblement , elle reffentoit un plaifir fécret de le regarder , & fe faifant une gloire de troubler fon indifference , s'applaudif-

foit en fécret du pouvoir de fes
charmes.

Pendant que Calatinus donne
une libre cariere à fes defirs, on
voit ruiffeler le fang des victi-
mes, qui par des fignes myfte-
rieux pronoftiquent de nouvelles Conquêtes à l'Empire. Le
Pontife par un difcours fuperf-
titieux, exhorte le Peuple d'a-
joûter foy aux Augures : Il permit en faveur d'une journée fi
favorable à la Republique, que
les principaux Magiftrats don-
naffent la main aux Veftales,
(grace qui ne s'accordoit que
dans les réjoüiffances extraor-
dinaires :) Le Conful Torquatus offrit la fienne à la grande
Veftale ; Attilius - Balbus fon
Collegue alloit prendre Tucia,

ſi Calatinus par un artifice que l'amour lui ſuggera, n'eut fait ſigne à Hannon de l'appeller ſous quelque prétexte : Balbus croyant que l'Ambaſſadeur vouloit lui communiquer une affaire d'importance, pria Calatinus de vouloir occuper ſa place. Cet Amant s'approche avec un air mêlé de crainte & de reſpect, & lui jettant un regard plein de tendreſſe, il lui avouë ingenuëment l'innocente ſupercherie dont il s'étoit ſervi, pour ſe procurer le bonheur de l'entretenir : Il ne tiendra point à moi, continua-t'il, que je ne recherche toutes les occaſions imaginables, de vous prouver mon reſpectueux attachement ; cette vertu qu'on voit briller dans les moindres de vos actions, soûtenuë par une beauté si parfaite, m'a rendu le plus sensible de tous les hommes. Recevez-donc, Divine Tucia, les prémices d'une passion qui ne finira qu'avec ma vie, & songez que ma destinée est entre vos mains. Tucia ne sçavoit que répondre à la déclaration de Calatinus ; elle n'avoit aucune experience dans l'art d'aimer, la pudeur & le trouble parurent d'abord sur son visage ; elle craignoit que des paroles mal articulées, ne découvrissent le fond de son cœur ; elle avoit besoin de toute sa vertu, pour résister aux manieres engageantes de Calatinus : enfin se faisant un effort sur elle

même : Eſt-il poſſible, Seigneur, lui dit-elle, que ce
diſcours puiſſe s'adreſſer à une
Veſtale ; croyez-vous Tucia
capable d'entretenir une paſſion
auſſi préjudiciable à l'Empire,
qu'injurieuſe à la gloire des
Graccus ; pouvez-vous concevoir que je viole les vœux les
plus ſacrés, pour écouter des
paroles inventées par la corruption ; & s'il eſt vray, Seigneur,
comme le publie la Rénommée,
que vous poſſediés toutes les
qualités qui rendent un homme accomply, comment ſe
peut-il, que vous ayés eu l'au-
dace de me tenir un langage
ſi peu convenable à ma vertu :
non, Seigneur, l'eſtime qu'on
accorde aux perſonnes de mon-

fexe , eft bien plus propre à
flater leur fens, qu'un amour,
qui n'eft fondé que fur le crime : Que fi vous continuez à
me parler de la forte , je me
verrois obligée, malgré la confi-
deration que j'ai pour vous ,
de vous fuir éternellement : O
trop aimable Tucia , s'écria
l'amoureux Calatinus en fou-
pirant , j'aimerois mieux mourir , que d'avoir le malheur de
vous déplaire ; mon amour,
quelque violent qu'il foit , ne
bleffera jamais votre gloire :
je fçai que les vœux aufquels
vous vous êtes affujettie , ne
font point incompatibles avec
mes fentimens; s'ils vous obli-
gent aujourd'huy de renoncer
au monde , ils vous permettent

auffi à l'âge de trente ans de vous choifir un Epoux : oüi, je me fens affés de conftance pour attendre que vous foyés acquitée envers les Dieux ; confervez - moi feulement vôtre cœur ; flattez - moy de cette douce efperance, qu'il me foit permis de vous renouveller quelquefois ma tendreffe, & je vivrai le plus heureux de tous les hommes.

Vous ne vous appercevez point, Seigneur, interrompit Tucia avec émotion, que nous approchons du Temple, & qu'une converfation de cette nature ne convient guere prés d'un lieu fi facré : penfez-vous que le Pontife qui a un pouvoir abfolu fur ma conduite, voulut tolerer les soins que vous prétendez me rendre. La confiance aveugle que nos parens ont pour le témoignage qu'il rend de nos actions nous excite à ne rien négliger pour gagner son estime, & je m'y trouve engagée bien plus qu'une autre, par les attentions particulieres qu'il a toûjours eû pour moi ; je l'ai vû souvent interrompre ses occupations les plus serieuses pour m'exhorter à être constante au service de Vesta, & il ne se passe point de jour qu'il ne me procure mille plaisirs innocens, qui ne laissent point d'adoucir les rigueurs d'une vie retirée. Elle auroit continué d'instruire Calatinus sur d'autres choses plus considerables, si le Pon-

tife qui jettoit de momens à autres des regards fur elle, ne fe
fût apperçû que leur converfation trop animée pouvoit avoir
des fuites dangereufes : Il lui
fit un figne à lui faire connoître
que cette façon d'agir ne lui
étoit pas agréable, & Tucia
n'ofant lui défobéïr rentra dans
le Temple, laiffant entrevoir à
Calatinus, par un fouris gra-
cieux, qu'elle ne defapprouvoit
point fes démarches.

Le Pontife comme Chef de
la Religion Payenne, répandoit une infinité d'erreurs pour
entretenir les Peuples dans la
fuperftition, il permettoit aux
Prêtres de commettre les plus
grands crimes, pourvû qu'ils
fûffent cachés fous le voile de

la

la fageffe : mais s'il s'en trouvoit
quelqu'un qui eut donné par
une conduite irréguliere quelque fcandale au public , il les
faifoit punir fi féverement qu'il
obligeoit les autres d'obferver
une bienféance convenable à
leurs fonctions : Apprenez, leur
difoit-il en les inftruifant, qu'on
ne juge des hommes que par
les apparences, & que tant que
vous conferverez cet exterieur ,
qui vous rend fi recommandable dans l'efprit du vulgaire ,
il vous fera facile d'introduire
les fages maximes de Numa-
Ponpilius : on en trouve fort
peu qui fçachent diftinguer la
veritable fageffe d'avec le vice
déguifé , la foule des ignorans
l'emporte prefque toûjours fur

F

le petit nombre des gens éclai-
rés; & si quelquefois il s'éleve
de nouvelles Sectes pour combattre le Culte que nous ren-
dons à nos Dieux, il est impossible qu'elles puissent subsister
long-tems, si nous n'avons la
prudence de mettre à profit l'au-
torité absoluë que nous avons
dans le Sénat : parcourez les
maisons des plus illustres de
Rome; servez-vous de la puis-
sance que les Dieux vous ont
communiquée, pour affermir
les principales familles dans la
pureté de nôtre Religion; for-
tifiez dans la sagesse ceux qui
par une vie reglée font profes-
sion d'une austere vertu, & sça-
chez que le relâchement ne convient qu'aux hommes qui en-

clins aux foiblesses de la nature
vivent dans la douce habitude
de la débauche.

Il n'est point surprenant que
le Pontife qui enseignoit des
maximes si pernicieuses, n'employa tout ce que l'art a de plus
subtil pour s'insinuer dans l'esprit de Tucia : il l'avoit mise
sous la direction de la grande
Vestale, comme un trésor qu'il
vouloit cacher aux yeux des
Peuples : il tâchoit par de petits
amusemens de lui rendre sa
solitude plus agréable, & cherchant de pénétrer le fond de
son cœur, il découvrit avec
douleur que sa vertu & sa sagesse étoient à l'épreuve de la flatterie, il crût que pour parvenir
plus facilement à lui plaire, il

falloit se conformer à ses sentimens , & Tucia qui avoit un
penchant naturel à la crainte
des Dieux, écoutant le Pontife
comme leur Interprête , souf-
frit innocemment qu'il l'entre-
tint dans de certaines heures :
Je ne vous representeré point,
ma fille , lui disoit-il d'un ton
grave & affecté , que vous avez
eu pour ayeuls des hommes qui
se sont rendus recommanda-
bles par le sang qu'ils ont versé
pour la liberté Romaine : ces
considerations donnent moins
de sagesse que de vanité , &
l'on n'a guere de vertu , quand
on n'en reconnoît la loy que
dans ses Ancêtres : les hommes
passent comme les fleurs qui
s'épanoüissent le matin , & qui

Te foir font flétries & foulées aux pieds ; les Generations les plus illuftres difparoiffent à nos yeux comme les Ondes d'un fleuve rapide : vous même, ma chere fille, qui joüiffez maintenant d'une jeuneffe fi vive & fi fleuriffante, fouvenez-vous que ce bel âge n'eft qu'une fleur qui fera prefque auffitôt fêchée qu'éclofe : vous verrez changer infenfiblement les graces riantes & les doux plaifirs qui vous accompagnent, la vieilleffe languiffante viendra rider vôtre vifage, courbera vôtre corps, affoiblira vos membres, vous fera craindre l'avenir, & vous rendra infenfible à tout, excepté à la douleur : Je vous conjure de vous foûvenir, que les Dieux

vous ont douée d'une fermeté
de courage & d'une lumiere
d'esprit audessus de vôtre sexe,
qu'ils ne vous ont fait cette grace ni par caprice, ni par hazard, & qu'ils vous demande-
ront un compte sévere des ta-
lens qu'ils vous ont confiés.

Ces sages paroles prononcées
avec onction, faisoient dans le
cœur de Tucia tout le progrez
imaginable : elle joüissoit encore de cette paix douce & tran-
quille, qui n'est point agitée
par les passions, l'heureuse innocence compagne inséparable
de ses actions, donnoit une
nouvelle force à sa vertu ; l'envie qui ordinairement s'attache
à obscurcir la sagesse la plus
pure étoit contrainte de garder

le silence : mais les visites fréquentes que Calatinus rendoit
à la grande Vestale, & le soin
qu'il prénoit de lui plaire, lui
donnant une entrée libre au
Temple de Vesta, il trouva
bientôt le moyen de troubler
le repos de Tucia ; les protestations réïterées d'une constance
inviolable, & la sincerité qui
regnoit dans ses paroles, ache-
verent d'inspirer à Tucia quelques sentimens de reconnoissance : ses manieres qui auparavant étoient enjoüées, n'avoient
plus cet agrément qui la faisoit
admirer ; elle choisissoit les en-
droits les plus solitaires pour
donner un libre cours à ses pen-
sées : l'amour parmy les idées
flatteuses entretenoit agréable-

ment son imagination, & les feux de Calatinus lui paroiſ-ſoient trop légitimes pour s'attirer la colere des Dieux.

Mais la ſurveillante Antonia, Eſclave que Tibérius - Graccus avoit miſe auprès d'elle, eſt un puiſſant obſtacle à ſes deſirs : il faut qu'elle ménage l'eſprit dangereux de cet Eſpion domeſtique, à qui ſes longs ſervices donnoient un air de ſuperiorité : Elle queſtionne ſouvent ſa Maîtreſſe par des propos interrompus, pour découvrir le ſujet de ſa mélancolie , & feignant quelque fois de faire l'éloge de Calatinus, elle croit remarquer le plaiſir que Tucia prend de l'entendre, les conſéquences qu'elle en tire , lui

four-

fourniſſent des occaſions de faire ſa cour au grand Pontife.

Cependant un Eſclave de la grande Veſtale, que la généroſité de Calatinus avoit engagé dans ſes interêts, l'aſſûra pour lors, que le vrai moyen de lier une intrigue avec Tucia, étoit de gagner Antonia ; que cette fille ſe promenant tous les matins dans le Bois ſacré du Temple, s'occupoit à cuëillir des fleurs pour faire des guirlandes à ſa Maîtreſſe, & que s'il veut ſe trouver un peu avant le ſacrifice, il lui procurera l'occaſion de lui parler ſans témoin ; Calatinus qui ne reſpire qu'après ce bonheur, accepta l'offre de cette Eſclave, & s'étant trouvé au rendez-vous, il

G

apperçut Antonia fur un gazon
émaillé de fleurs , proche d'une
fontaine , dont le doux murmu-
re rendoit ce lieu trés agréable ;
il l'aborda fans affectation , &
lui parlant avec une politeſſe
qui prévenoit tout le monde en
fa faveur , il ne négligea rien
pour venir à bout de ſes deſ-
feins : les proteſtations d'une
fincere amitié, des offres de fervice , un prefent fait à propos
fléchirent la feinte féverité
d'Antonia : elle avoit l'ame vé-
nale & mercenaire ; elle ne fon-
geoit qu'à gagner la confiance
de Calatinus , que pour s'en
faire un merite auprés de Graccus & du Pontife , dont elle
tiroit de grandes retributions :
mais croyant qu'il y auroit de

l'ingratitude, si elle ne lui donnoit quelque marque exterieure
de reconnoissance, elle fit semblant de céder à ses prieres, &
lui adressant la parole. elle l'ex-
horta de garder le secret, tant
sur son origine que sur la con-
fidence qu'elle alloit lui faire
des sentimens que le Pontife
avoit pour Tucia.

Vous sçaurez, Seigneur, que
je suis originaire de Siracuse,
mon pere qui se nommoit Tu-
balcal, servoit depuis long-tems
les Cartaginois; son merite &
sa valeur lui firent obtenir le
Commandement d'une Légion
sous le valeureux Amilcar : il
joüit de la même dignité dans
les Troupes d'Annibal son Suc-
cesseur, & je puis même vous

avancer fans flatterie, que for
courage & fa prudence ne fer
virent pas peu à nous faire ga
gner la fameufe Bataille de Ca
ne, où Rome, fi l'on avoit fuiv
fon Confeil, auroit perdu fa li
berté.

Nôtre General enflé de f
victoire, au lieu de retirer l
fruit qu'il en pouvoit fi jufte
ment prétendre, fe laiffa amoli
par les délices de Capoüe ; l
Romains attentifs à fes déma
ches, profiterent d'une occa
fion fi favorable pour metti
de nouvelles Armées fur piec
ils partagerent leurs Troup
entre Fabius & Scipion, & pei
dant que le premier en temp
rifant arrêtoit des commenc
mens fi heureux, l'autre pl

ntreprenant , alla porter dans
iracufe tout ce que la Guerre
de plus horrible : vous n'igno-
ez pas, Seigneur, avec quelle
urie cette Ville fe deffendit :
non pere à la tête de fa Légion
e trouva dans les principales
traques , & fa vie qu'il prodi-
uoit aux occafions les plus pé-
illeufes, fe vit enfin terminée
ous les ruines de fa patrie. Il
t aifé de concevoir le pitoya-
e état où j'étois reduite, pri-
ée d'un pere qui me chériffoit
ndrement ; ménacée de la per-
prochaine de ma liberté ; j'ap-
ellois plufieurs fois la mort à
on fecours, comme un fou-
rain remede à mes maux :
ais les Dieux qui ne fe laf-
ient point de me perfécuter,
G iij

me rendirent témoin de tout ce
qu'il y a de plus effroyable ; les
Soldats plus avides du butin
que de gloire aprés avoir fran-
chi les brêches les plus inaccef-
fibles, pafferent au fil de l'épée
ceux qui étoient propres à porter les armes ; les hommes & les
enfans qui échaperent à leur
cruauté , furent tirés au fort
avec le refte des dépoüilles :
J'échûs à Tiberius - Graccus ,
qui ayant quelque pitié de mes
malheurs , prit foin d'adoucir
ma captivité, il me deftina au
fervice de Tucia , qui n'avoit
alors que neuf ans ; fon efprit
fi prématuré pour une perfonne
de fon âge , donnoit une idée
avantageufe de ce qu'elle feroit
un jour ; elle étoit infenfible

aux plaifirs attachés à l'enfance,
& n'avoit d'autre penchant qu'à
ceux que la raifon lui prefcri-
voit ; fa beauté qui fe faifoit
remarquer au Temple de Vefta,
parvint bientôt jufques aux
oreilles du Pontife : il s'accoû-
tuma à la voir fouvent, & re-
connoiffant dans la fuite les
rares qualités dont la nature
l'avoit ornée, il la jugea trés-
capable de feconder les foins de
la grande Veftale : (honneur
qui ne fe rendoit, qu'à celle
d'un merite trés diftingué.)

Tucia ne fut pas long - tems
fans s'appercevoir de fes attentions, & comme elle a le cœur
génereux, elle crût qu'un motif
defintereffé le faifoit agir : l'a-
mitié qu'il conçût pour elle étoit

trōp tendre, pour se contenir
dans les bornes ordinaires : vous
le diray-je, Seigneur, je crois
qu'elle dégénera bien-tôt ; en
amour, car il recherchoit toutes les occasions de m'entretenir ; cet exterieur que ces sortes de gens se font un point de
garder, cette réputation qu'ils
sçavent se ménager dans nos
esprits, ne furent point capables de le retenir ; il sçavoit que
ma maîtresse avoit mis toute sa
confiance en moy, & voyant
bien qu'il ne pouvoit réüssir, si
je ne favorisois ses desseins ; il
employa la flatterie la plus délicate pour surprendre ma sim-
plicité ; tantôt me faisant ra-
conter l'histoire de ma vie : il
me disoit pour me consoler,

que les Dieux lui avoient ré-
vêlé que je devois être un jour
rétablie dans ma premiere fortune , m'affûrant qu'il ne tien-
droit pas à lui que cette prédiction ne s'accomplît : puis
changeant tout à coup son discours, il souhaitoit que je l'in-
formasse des principales occupations de Tucia. Son air dé-
concerté , ses yeux égarez , sa
voix foible & tremblante, me
donnoient lieu de penser que
l'amour lui causoit ce désordre:
Je ne me trompay point, Seigneur , car aussitôt qu'il eut
trouvé une occasion favorable
de me parler , il m'assûra que
si je voulois le servir auprés de
Tucia, qu'il feroit tous ses efforts pour me procurer ma li-

berté ; je l'ay déja informée,
me difoit-il, de vôtre naiffance
& de vôtre fageffe : elle aura
pour vous dorénavant une confiance aveugle ; ménagez la en
faveur d'un homme qui em-
ployera, s'il faut, les tréfors les
plus facrés pour reconnoître vos
fervices : furprife de ce que je
venois d'entendre, je fus un
moment fans lui répondre, je
ne pouvois m'imaginer qu'un
homme qui avoit guidé ma
maîtreffe dans le chemin de la
vertu, me tînt un langage fi
contraire : enfin voyant que
mon filence le défefperoit, &
jugeant à propos de ménager
un homme fi puiffant dans
l'Empire, je lui proteftay qu'il
pourroit difpofer de moy, que

j'étois resoluë de surmonter
tous les obstacles qui se presen-
teroient, pour lui donner des
marques de ma bonne volonté ;
ce peu de paroles que la complaisance m'arrachoit, combla
le tendre Pontife d'une joye si
grande, qu'il fit mille folies en
ma presence : tantôt il m'appel-
loit son Ange tutelaire, & s'ima-
ginant parler ensuite à ses Di-
vinités, il me donnoit des noms
qui ne convenoient qu'aux im-
mortels. Pendant que la violence de ce transport l'agite, je me
retirai incertaine de la conduite
que je devois tenir : J'avois une
sécrete répugnance de favori-
ser un homme consacré aux
Dieux ; je redoutois aussi son
couroux : car je sçay trop bien,

que quand un homme de ce
caractere affranchit les bornes
de ſon devoir, qu'il eſt capable de commettre les plus
grands crimes : d'un autre côté
je connoiſſois la vertu de Tucia, & je n'ignorois point que
ſi j'avois la hardieſſe de lui faire
un aveu de la paſſion du Pontife, elle ne me reçût avec toute
ſorte d'indignation ; dans ce
cruel embarras je m'aviſay de
l'amuſer par de fauſſes confi-
dences, je recevois ſes Lettres
ſans les rendre à Tucia, & un
jour qu'il me preſſoit de la porter à lui faire réponſe, j'imitay
ſon caractere, & lui en rendit
une comme venant de ſa part,
conçûë en ces termes.

Puis-je ajoûter foy, Seigneur, à la Lettre qu' Antonia m'a remis de vôtre part : la sageſſe que vous poſſedés, ne s'accorde guere avec de pareils ſentimens, je crois plûtôt que c'eſt pour m'éprouver que vous en agiſſez de la ſorte, ſoyez perſuadé cependant, que les leçons de vertu que vous avez pris ſoin de me donner, ſeront toûjours gravées dans le coeur de Tucia.

Je remarquay qu'en liſant cette Lettre, il changeoit ſouvent de couleur, quelquefois levant les yeux vers le Ciel , il ſe plaignoit de l'avoir ſi bien inſtruite: il ſe flattoit auſſi qu'une vertu, quelque ſolide qu'elle puiſſe paroître, ne feroit pas un long ſéjour dans un ſexe ſi fragile ; & dans cette eſperance, il in-

ventoit tout ce que l'hipocrisie
a de plus rafiné, pour renver-
fer un édifice qu'il avoit formé
de fes propres mains. Ses con-
verfations qui auparavant n'é-
toient fondées que fur la crainte des Dieux, ne tendoient plus
qu'à lui infpirer un relâchement propre à tolerer les plus
grandes foiblefſes : mais la ſage
Tucia lui fit bientôt éprouver,
que malgré le peu de juſtice
que la plûpart des hommes rendent à nôtre fexe, il s'en trouve néanmoins qui confervent
encore ces hauts fentimens en
cette grandeur d'ame, qui ont
fait autrefois l'ornement de
l'ancienne Rome : J'en ai vû,
Seigneur, qui injuſtement per-
ſécutés, ont paru dans leur cap-

tivité avec une conſtance ſi hé-
roïque, que le Tyran même
s'eſt vû forcé de rougir de ſes
injuſtices.

Mais, pour ne pas m'écarter
de mon ſujet, je vous diray
que Tucia ne pouvant douter
de la paſſion du Pontife, me
donna ordre de ne plus le recevoir dans ſon appartement; &
quand par bienſéance elle étoit
obligée de le voir, elle rejettoit
avec mépris certains diſcours
relâchés, qui auroient pû faire
impreſſion ſur un eſprit moins
ſolide que le ſien. Il crût que le
tems qui facilite les plus grandes choſes, la détermineroient
en ſa faveur: mais la ſenſibilité,
Seigneur, que Tucia paroiſſoit
avoir pour vous, réveilla ſa

jaloufie à un tel point qu'il re-
folut de mettre tout en ufage
pour vous perdre : les momens
font fi prétieux aux hommes
qui veulent rendre de mauvais
offices aux autres, qu'il ne faut
pas s'étonner fi la malice pré-
vaut fi fouvent fur l'innocence.
Le Pontife (perfonnage fin &
diffimulé) les ménageoit bien
mieux qu'un autre ; car un jour
que j'étois cachée derriere la
Statuë de Pallas , dans le deffein d'obferver vos démarches :
j'entendis qu'il lui faifoit des
reproches fur les regards paf-
fionnés qu'elle avoit jettés fur
vous pendant le facrifice. Avez-
vous déja oublié, lui difoit-il,
les fages maximes qu'on a pris
foin de vous infpirer ; ignorez-
vous

vous que le scandale que vous donnez aux peuples, irrite plus les Dieux contre vous, que tous les crimes que vous pourriez commettre. Que diront les Graccus, s'ils apprennent que leur sœur autrefois le modele des Vestales deshonore son état par un amour illégitime. Qu'est-elle devenuë cette vertu qui faisoit l'ornement de vôtre aimable personne? auroit-elle disparuë avec cette indifference, qu'on remarquoit avant l'arrivée de Calatinus? Ceux qui attribuent tant de pouvoir à la vertu, repartit Tucia, n'ont aucune connoissance, ni de ses effets, ni de ceux de l'amour: elle peut bien pour un tems contenir nos desirs, mais elle est inca-

H

pable d'empêcher leur naiſſance : elle m'a portée juſqu'à pre-
ſent à cacher la tendreſſe que
j'ay pour Calatinus : mais elle
me le repreſente toûjours comme le plus aimable de tous les
hommes ; lui ſeul a trouvé le
ſécret de me toucher , mais
d'un amour qui n'eſt fondé que
ſur la raiſon & ſur la ſageſſe; j'ai
crû que je pouvois ſans man-
quer à la Foy que j'ay promiſe
à la Déeſſe Veſta , aimer celui
que les Dieux ſemblent me
deſtiner pour époux : c'eſt la
vertu même que j'aime dans
Calatinus , il a rempli mon
cœur de ſentimens purs & ſin-
ceres. Voilà ce qui a pû m'y
rendre ſenſible , & à quoy je
n'ay pû reſiſter , & à tout autre

amour que le sien, mon cœur
n'y auroit jamais consenti.

Elle alloit continuer de la
sorte, lorsque le Pontife péné-
tré d'une veritable douleur de
voir que Calatinus avoit fait
tant de progrés dans le cœur
de Tucia, s'emporta jusqu'à la
ménacer de la rigueur des Loix.
La constance de ma maîtresse,
& la fermeté avec laquelle elle
lui parla, le porterent à dissimuler la vengeance qu'il médi-
toit : il affecta d'avoir pour elle
un peu plus de douceur, & pré-
nant un ton de pere, il lui dit
qu'il trouvoit peu d'hommes
en qui les apparences fussent
plus heureuses qu'en Calatinus;
mais remarqués-vous cette au-
dace qui regne dans toutes ses

actions : il semble qu'il soit le
seul d'entre les mortels digne
de vôtre bienveillance : son
amour propre qui passe de sa
personne à son esprit, lui fait
mépriser tout ce qui ne vient
point de son genie.

Le Pontife qui n'avoit aucune experience dans l'art d'aimer , ignoroit qu'il y a des
tems où il faut donner des
loüanges à son Rival ; bien loin
de retirer le fruit de ses calomnies, il trouva le moyen de for-
tifier Tucia dans l'aversion naturelle qu'elle avoit pour lui :
Il ne fut pas long-tems sans reconnoître la faute qu'il venoit
de faire , & voulant la reparer,
il prit le party de flatter ses sentimens par un discours tout

oppofé : il lui difoit quelquefois que la fageffe n'avoit rien
d'auftere ni d'affecté : c'eft elle,
ma chere fille , qui donne les
veritables plaifirs ; elle feule les
fçait affaifonner pour les rendre
purs & durables ; elle fçait mê-
ler les jeux & les ris avec les occupations les plus ferieufes; elle
n'a point de honte d'être en-
joüée quand il le faut : goûtez-
donc avec innocence les plaifirs
que Calatinus vous offre , mais
gardez - vous de livrer entierement un cœur dont vous ne
fçauriez difpofer , fans vous
commettre avec les Dieux.

Un Efclave de la grande
Veftale qui entra brufquement,
interrompit cette converfation:
je profitay de ce tems - là pour

me retirer dans ma chambre, &
connoiſſant le Pontife homme
hardi & entreprenant, je craignis qu'il n'employâ toutes fortes de violences pour satisfaire
ſa paſſion: j'étois incertaine ſi je
devois avertir Tiberius - Grae-
cus de ce qui ſe paſſoit. La
confiance dont il avoit bien
voulu m'honorer, ſembloit éxiger de moy cette prompte exac-
titude : Je m'en ſerois volon-
tiers acquitée, ſi je n'euſſe ap-
prehendé d'exciter dans l'Empire quelque trouble entre deux
hommes ſi conſiderables: Vous
ſçavez combien cette famille eſt
délicate ſur le point d'honneur:
les Romains la regardent comme le principal ſoûtien de leur
liberté, & j'avois tout lieu de

craindre qu'ils ne me rendiſ-
ſent un jour la malheureuſe
victime de leur diſſention :
Voyez, Seigneur, ajouta Antonia, le péril auquel je m'ex-
poſe, en vous faiſant une con-
fidence qui me perdroit infailli,
blement dans l'eſprit de Tiberius - Graccus, s'il en étoit inſ-
truit ; les bienfaits que je reçois
tous les jours de ſa part, ne
m'empêcheront point de vous
ſervir : Il a beau me promettre
ma liberté & ſon affranchi pour
époux, rien ne ſera capable de
me détourner à rendre Tucia
favorable à vos vœux.

Calatinus aprés s'être épuiſé
en remercimens, la conjura de
continuer ſes bons offices ; il lui
promit de lui faire des avan-

ges plus confiderables que
ceux qu'elle pouvoit naturelle-
ment efperer, & fe confiant à
fa fidelité, il s'en fervit pour
lier un commerce de Lettres
avec Tucia, où fon amour s'ex-
primoit avec plus de liberté :
mais il reconnut bien-tôt, qu'il
eft rare de trouver dans la fer-
vitude des perfonnes qui confervent cette nobleffe de fentimens qu'on admire dans la plû-
part des hommes libres ; occu-
pés qu'ils font d'un fordide in-
terêt, ils trafiquent avec les
ennemis de leurs maîtres, les
fecrets les plus importans. Le
trop credule Calatinus, qui
croyoit comme une verité conf-
tante la fable qu'elle venoit de
lui débiter fur fon origine, ne

la

la pouvoit soupçonner d'infidelité, il auroit resté long-tems
dans cette erreur, si par la plus
noire des trahisons elle n'eût
remis entre les mains du Pontife les Lettres dont elle étoit
chargée.

Le Pontife irrité de la conduite de la Vestale, la fit venir
au Temple, & aprés lui avoir
fait une sévere reprimande, il
l'obligea de prendre les Dieux
à témoins, & surtout la Déesse
Vesta, à qui elle avoit consacré
sa virginité de ne le revoir de
sa vie ; pour être assûré à l'avenir de sa promesse, il employa
tout ce que la Religion a de
plus sacré pour la forcer à faire
des sermens les plus horribles :
les larmes qui couloient abon-

damment de fes yeux, la paleur qui changeoit les traits de fon vifage, fa voix foible & entre-coupée ne pûrent fléchir le cœur de ce barbare : il la traîna comme une victime au pied des Autels, & par une violence tyrannique il exigea d'elle qu'elle bannit pour jamais Calatinus de fa memoire.

Il feroit bien difficile de fe reprefenter fa douleur, quand elle fe vit privée de fon cher Calatinus, il faut avoir aimé plus d'une fois pour reconnoî-tre que la raifon toute puiffante qu'elle paroît, n'eft pas toû-jours affés forte pour effacer le fouvenir d'une premiere incli-nation : l'image de Calatinus qu'elle nourrit dans fon cœur,

la rend infenfible à toutes fortes de confolations ; l'idée
de ce fidele Amant la fuit partout où elle porte fes pas, fi elle
veut fe fervir de fa vertu ,
pour ne point violer des fermens fi folemnels ; l'Amour, ce
fier tyran, renverfe fes projets
les mieux concertés ; & la force
au milieu de mille inquiétudes,
de chérir fa douleur.

Calatinus qui ignore ce qui
vient de fe paffer, ne fçait fur
qui rejetter la caufe de fes re-
froidiffemens : plus il s'examine
dans fes actions , moins il y
trouve des fujets qui puiffent
lui attirer cette indifference :
il va fouvent chez la grande
Veftale , pour s'éclaircir d'un
doute d'où dépend fon repos ,

mais Tucia qui craint que sa
présence ne lui fasse oublier ce
qu'elle a promis aux Dieux,
évite sa rencontre sans lui laisser
aucune esperance de l'entretenir : outré d'un traitement si
rigoureux, il a recours aux
plaintes & aux imprécations ;
il regrete ce tems heureux où
exempt de toute passion il
joüissoit d'une vie douce & tran-
quille. O ! Glicias, s'écrioit-il,
dans l'excés de sa douleur :
pourquoi n'ai-je pas suivi vos
sages conseils : l'experience qui
vous avoit appris à connoître le
peu de solidité qui regne parmi
ce sexe, devoit deffendre mon
cœur contre leurs charmes :
Cornelie qui vous fut infidele,
aprés avoir reçû de vous tant

de bienfaits, étoit un exemple
que je devois redouter ; puis
tout à coup se radouciſſant, il
ſe repentoit d'avoir pû faire une
comparaiſon ſi injurieuſe à ſa
Maîtreſſe : Non, pourſuivoit-il,
Tucia n'eſt pas capable de me
trahir, la droiture & la ſincerité qui brillent dans ſes paroles, me ſont des garants irreprochables de ſa fidelité ; il faut
que la perfide Antonia abuſant
de ma confiance, m'aît ſacrifié
au jaloux Pontife : enfin ne pouvant plus reſter dans cette affreuſe incertitude , il courut
chez la grande Veſtale, pour
apprendre lui-même ſa deſti-
née : Il y trouva Tucia , qui
perſéverant dans ſa reſolution,
baiſſoit les yeux pour ne le point

voir ; il ne pût se contenir en
sa préfence, & malgré les Argus
qui l'obfervoient, il s'approcha
d'elle, & lui ferrant tendrement
la main : Adorable Tucia, lui
dit-il, d'une voix baffe, mais
paffionnée : Par quel malheur
me fuis-je attiré vôtre indifference ? de quel crime auroit-on
pû me noircir ? la calomnie auroit-elle prévalu fur la fincerité
de mes fentimens : que les
Dieux devant qui je vous ai juré
un amour éternel, puiffent me
confondre à vos yeux, fi je me
▬▬ rendu coupable par quelque infidelité.

Les refolutions que l'on prend
en amour, font bientôt diffipées
par la préfence de l'objet qu'on
aime, des paroles prononcées

par un homme qui a conservé
le don de plaire, rallument aisément des feux mal éteints : Tucia a beau vouloir éviter un entretien si funeste , les tendres
empressemens de Calatinus
l'emporterent sur toute sa raison; elle n'ose rompre le silence,
elle craint que ses discours ne
la trahissent : mais l'amour qui
s'est emparé de son cœur la
rend incapable d'aucune ré-
flexion : elle oublie qu'elle est
obsedée de l'infidele Antonia ,
& n'écoutant plus que sa passion, elle découvre ingenuëment
à Calatinus le sujet de sa disgrace, elle lui peint sous des
couleurs les plus noires, la ty-
rannie que le Pontife a exercée
sur elle : mais , ajouta-t'elle,

en le regardant tendrement ;
les Dieux sont trop justes pour
éxiger de moi que j'accomplisse
des sermens que la seule force
m'a obligée de faire ; ils con-
noissent la pureté de ma tendresse, & je me flatte qu'un jour
ils ne s'opposeront point à l'u-
nion de nos destinées. Vivez-
donc tranquile, mon cher Calatinus, sur les esperances que
je vous ai données, & comptez
que l'inconstance & l'infidelité
ne vous nuiront jamais dans le
cœur de Tucia.

Antonia, qui observoit les
mouvemens de leurs yeux,
étoit trop habile pour ne point
démêler le sujet de leur conversation, & prenant le prétexte
d'avoir quelque ouvrage à finir

dans l'appartement de Tucia,
elle paſſa chez le grand Pontife,
pour l'informer de ce qu'elle
venoit de remarquer : elle accompagna ſon raport de tant de
circonſtances , que le Pontife
tranſporté de rage & de jalouſie , reſolut enfin de rompre ce
commerce : il ne trouva perſonne plus propre pour favoriſer ſon deſſein que la grande
Veſtale : elle aimoit les diver-
tiſſemens innocens ; & quoi
qu'elle ne fut pas d'un âge à
renoncer aux plaiſirs de la ſo-
cieté , elle ne goûtoit que ceux
que la bienſéance lui permettoit ; elle ne ſe ſervoit de ſa ſuperiorité , que pour s'attirer le
reſpect & l'eſtime des autres
Veſtales ; ſa préſence d'eſprit

dans les affaires les plus importantes, & les heureuſes repar-
ties dont ſon imagination étoit
ornée, faiſoient admirer dans
ſa perſonne mille vertus : Elle
vouloit ſur toutes choſes, que
les Veſtales euſſent un ſoin particulier d'entretenir le feu ſacré,
& ſurtout, qu'elles veillaſſent
continuellement à remplir leurs
fonctions, avec le même zele
que Numa-Pompilius leur avoit
preſcrit : Elle avoit encore une
attention particuliere, pour
prévenir les intrigues qui pouvoient ſe former dans une maiſon ſi ſacrée : mais quelques
belles qualités que l'on puiſſe
poſſeder, l'on n'eſt point toûjours à l'abri des ſurpriſes des
hommes, qui ſous le voile de

la Religion font paſſer les calomnies les plus dangereuſes,
pour des verités conſtantes. La
grande Veſtale qui connoiſſoit
la ſageſſe de Tucia, ne pouvoit
ſe déterminer d'en venir à de
ſi facheuſes extremités : Elle a
beau conjurer le Pontife de ne
point ajouter foy ſi légerement
à des apparences qui ſont preſ-
que toûjours trompeuſes : Il eſt
inſenſible à toutes ſes raiſons,
& n'écoutant plus que ſon in-
juſte jalouſie, il employe les
plus ſaintes Maximes de la Religion, pour forcer la bonté naturelle de la grande Veſtale ;
il connoît que la ſeule crainte
des Dieux eſt capable de la faire
agir , & la rendant reſponſa-
ble des évenemens, il l'exhorte

par leurs noms de ne plus recevoir Calatinus : Je sçaurai bien, repartit la grande Vestale, allarmée de ce discours artificieux, lui deffendre l'entrée de mes appartemens, & il suffit que vous l'ayez reconnu coupable, pour le priver de toute mon estime.

Tandis que le Pontife, satisfait de cette assûrence, goûte en sécret la joye d'avoir détruit son rival, la grande Vestale envoye chercher Tucia, & l'informant en peu de mots de ce qu'on venoit de lui apprendre : Je n'aurois jamais crû, lui dit-elle, que perdant le souvenir de la vertu que l'on vous a inspirée, vous eussiés écouté des propositions amoureuses : Com-

ment avez vous pû fans ma par-
ticipation , lier une intrigue
avec un homme qui abufant de
ma bonté & de la faveur du
Pontife , vient féduire vôtre
cœur jufques dans un lieu fi ref-
pectable.

J'avois conçû pour vous dés
vôtre enfance une tendre amitié , & vous regardant déja en
Mere plûtôt qu'en Superieure,
je vous deftinois à tout autre
qu'à un fimple Chevalier Romain : mais le choix que vous
avez fait fans l'aveu de vos parens , m'oblige de vous deffendre de le revoir de vôtre vie ,
& fi j'apprend à l'avenir que
dans les Sacrifices que l'on doit
offrir au Temple, vos yeux s'attachent à le regarder , je vous

priverai non - feulement des avantages que je m'étois propo- fé de vous faire par mon Tefta- ment, mais encore de mon efti- me & de mon amitié. Tucia a le cœur trop fenfible pour foû- tenir patiemment un difcours de cette nature; la maniere avec laquelle elle a vêcu avec Cala- tinus, merite plûtôt des loüan- ges que des reproches ; fon innocence lui fait repondre à la grande Veftale d'un air tran- quile & affûré : Je ne merite point, Madame, ni vos repro- ches ni vos ménaces : mes incli- nations ont été fi portées à la vertu , que j'ai peut-être fur- paffé les leçons que l'on m'en a données : Je n'ai point de commerce qui me puiffe faire rougir , & j'ose vous assûrer , Madame , quelque respect que je vous doive , que le seul crime de Calatinus est d'avoir excité l'envie de mes ennemis : je parle avec une franchise qui n'est peut-être pas conforme à ma triste situation, mais le cœur de Tucia se démentiroit ,s'il ne ressentoit des outrages qui la couvriroient de confusion , si elle les avoit merité : Le choix que j'ai fait n'est point indigne de ma naissance , & malgré les malheurs qui me ménacent , j'ai l'ame assés haute pour laisser au Ciel le soin de ma destinée : J'espere qu'il la protegera , & qu'il permettra un jour que mon innocence soit reconnuë de tout le monde : mais quand

sur de simples apparences, vous
me priverez de vôtre protec-
tion, il faudra, Madame, me
consoler d'une disgrace que je
ne me suis point attirée.

Cette réponse qui tenoit un
peu du mépris, irrita si fort la
grande Vestale, que la quittant
brusquement, elle alla donner
ses ordres pour défendre les en-
trées du Temple à Calatinus :
Tucia plus occupée de son cher
Amant que d'elle-même, se retira dans sa chambre pour détourner par de justes mesures
les maux que ses ennemis lui
préparoient, & malgré deux
Esclaves qui l'observoient nuit
& jour, elle trouva le sécret de
lui faire rendre une Lettre, où
l'informant de ce qui se trâ-
moit,

moit, elle lui marquoit que les plus grandes perſécutions ne ſerviroient qu'à l'affermir dans ſa conſtance : mais le Pontife, ſeul artiſan de ſes malheurs, examine de ſi prés leur condui- te, qu'il découvrit ſans peine leur intelligence: Il fait appeller dans les premiers mouvemens de ſa fureur Poſthumius, Prê- tre Salien, qui par ſon hipocri- ſie s'étoit rendu recommanda- ble au peuple Romain ; & aprés lui avoir appris les habitudes criminelles de Tucia, il lui or- donne d'en donner avis à ſon frere Tiberius- Graccus par une Lettre anonime, dont voici les paroles.

*La personne qui vous écrit ,
Seigneur , s'interesse trop à vôtre
gloire pour vous laisser ignorer ce
qui fait l'entretien de Rome. Tucia ,
cet indigne rejetton des Graccus ,
a peut-être flétri sa vertu par un
amour illégitime , & la séverité
de nos Loix l'auroit dé,a reprimée ,
si le Pontife qui a pour vous une
consideration particuliere n'eût dif-
feré son châtiment : Paroissez-donc ,
Seigneur ,pour éloigner l'impie Calatinus , d'un lieu qu'il a osé pro-
faner par un attachement aussi inju-
rieux à vôtre Illustre Maison ,
qu'aux Loix les plus sacrées de nôtre
Empire.*

La douleur que ressentit Ti-
berius-Graccus , en lisant cette
Lettre , fit de si fortes impres-
sions sur son esprit , qu'il reso-

lut de se transporter à Rome, & de punir s'il le falloit à l'exemple des anciens Brutus & des Torquatus, le crime dans son propre sang : Il abandonna le gouvernement de l'Isle de Chypre, que le Sénat lui avoit confié, & faisant une diligence incroyable, il arriva chez la grande Vestale, plûtôt que le Pontife ne se l'étoit proposé : sa présence donne de nouvelles forces aux ennemis de Tucia, tous s'empressent de la détruire dans l'esprit de son frere, on employe les plus dignes recompenses pour corrompre les Esclaves les plus fideles : Les Vestales qui gémissent de voir la vertu opprimée, se voyent réduites à garder un profond si-

lence : Il n'y eut que la seule
Nevia , qui jalouse du poste
qu'elle occupoit chez la grande
Vestale, osa déposer contre elle:
Je l'ai vûë , Madame , disoit
cette envieuse, faire des signes
à Calatinus au milieu des nos
plus saintes cérémonies : souvent pour lui donner de nouvelles marques de sa tendresse ,
elle affectoit de baiser une ba-
gue qui venoit de lui ; on m'a
assûré que cet indiscret étant à
la place aux harangues , s'étoit
vanté d'avoir obtenu d'elle des
faveurs au-dessus de ses esperances , & qu'il a même poussé
son ingratitude jusqu'à tourner
en ridicule les bontés que vous
avez eû pour lui , en ne parlant de vôtre âge, que pour en

faire des railleries les plus picquantes.

Cette calomnie ne fit que hâter le châtiment qu'on préparoit à l'infortunée Tucia; son frere que les Saliens avoient déja prévenu, ne cherchoit que des preuves suffisantes pour la faire déclarer criminelle : on tint un Conseil chez la grande Vestale, où le Pontife présidoit, & aprés avoir examiné les dépositions de plusieurs Esclaves, on cita Antonia de venir rendre compte des actions de sa maîtresse : Les supplices dont on la menaça, si elle ne découvroit cette intrigue, l'intimiderent si fort, qu'elle avoüa non-seulement leur commerce de Lettres, mais pour obtenir en-

core avec plus de facilité les
recompenſes qu'on lui faiſoit
éſperer, elle les rendit ſi cou-
pables aux yeux de Graccus,
qu'on reſolut avant toutes choſes de ſurprendre quelques-
unes de leurs Lettres, pour s'en
ſervir à leur jugement : on ne
trouva perſonne plus capable de
s'acquitter de cette négociation
que Poſthumius ; ſon eſprit ſou-
ple & artificieux ; un exterieur
qu'il ſçavoit changer ſelon les
occurrences des tems, lui avoit
acquis une réputation au-deſſus
de ſon merite : Le Pontife qui
s'étudioit à connoître le talent
particulier de chaque Salïen,
l'employoit quelquefois à des
affaires plus importantes : Il lui
exagera alors le ſervice qu'il

alloit rendre en cette occasion aux Graccus & à la Républi- que, si le succés pouvoit répon- dre à ses esperances : Allez, lui dit-il, chez Calatinus de la part de Tucia, dites-lui, qu'elle ne perdra jamais le souvenir des sentimens qu'il a eu pour elle ; conjurez-le, de faire attention au triste état où elle se voit ré- duite ; representez-lui, les for- tes oppositions que met toute sa famille à leur établissement ; assûrez-le, qu'elle vous a char- gé avec douleur de lui rede- mander ses Lettres, & que vous avez ordre en lui rendant les siennes, de lui demander la continuation de son estime.

Posthumius, glorieux de la confiance que le Pontife avoit

en lui, met tout en uſage pour
ſurprendre l'amoureux Calatinus : La ſincerité qu'il affecte
dans ſes paroles ; la feinte douleur qui paroît ſur ſon viſage ;
les proteſtations d'une amitié
ſolide, ne peuvent ſéduire un
cœur que l'amour rendoit mé-
fiant : Il a trop bonne opinion
de Tucia, pour l'accuſer d'inconſtance & de légereté, & ſe
réſouvenant alors du portrait
que Glicias lui avoit fait des
Saliens, il ſoupçonne Poſthumius de quelque ſupercherie :
Il faut, repartit-il, avec em-
portement, que Tucia ait perdu l'eſprit, pour vous avoir
chargé d'une telle commiſſion;
à la verité je me fais gloire de
la tendreſſe qu'elle a ſçû m'inſ-
pirer :

pirer : mais il eſt abſolument faux que j'aye jamais reçû d'elle aucune de ſes Lettres , & cette calomnie ne ſçauroit provenir que de l'invention d'un Salien.

Ceux qui s'attachent à connoître le caractere des faux dévots, ont toûjours expérimenté que leur haine & leur colere ſont plus violentes que celles des autres hommes : comme ils ſont prévenus de leurs propres merite, ils ne pardõnent jamais à ceux qui y donvent quelque atteinte, & ils ſe rendent d'autant plus rédoutables qu'ils ſe ſervent de la vertu même pour accabler leurs ennemis.

Poſthumius qui veut ſe vanger de l'affront qu'il vient de recevoir, a recours à la ruſe &

à la diffimulation : il fe fert des paroles les plus infinuantes , pour cacher une partie de fon reffentiment ; il promet à Cala-tinus pour le calmer , d'employer fes bons offices auprés de la grande Veftale , & fe flattant déja d'avoir regagné fa confian-ce , il va chez Tucia dans le deffein de la furprendre : Elle n'avoit aucune connoiffance des intrigues fécretes qui fe prati-quent dans le monde ; incapa-ble de faire aucun jugement té-meraire : Elle ne pouvoit dé-couvrir à travers tant de voiles, des artifices qui lui étoient in-connus. Elle confervoit encore cette fimple innocence , qui lui faifoit ignorer la malice des hommes , lorfque Pofthumius

profitant de ſes heureuſes diſpo-
ſitions, fit tenir un langage à
Calatinus tout oppoſé à ſon
amour : il aſſûra la Veſtale,
que l'inconſtance avoit été de
tout tems le partage des hommes, & que ſon amant, pour
qui elle avoit eu une ſi forte
eſtime, ne ſongeoit aujourd'hui
qu'à ſe mettre à couvert de la
rigueur des Loix ; qu'il étoit
envoyé de ſa part, pour lui
redemander ſes Lettres, &
qu'elle pouvoit ſe repoſer ſur
la diſcretion d'un homme qui
ſacrifieroit plûtôt mille vies,
que d'abuſer un ſeul moment
de ſa confiance.

L'idée avantageuſe qu'elle
s'eſt formée des Saliens, lui fait
ajouter foy aux paroles de Poſ-

tumius: Elle croit que les Dieux
les ont choisis pour annoncer la
verité ; elle écoute leurs difcours comme des oracles, & ne
doutant plus de la sincerité de
Posthumius, elle lui avoüe, le
visage baigné de pleurs, qu'elle
avoit reçû des Lettres de Calatinus : mais, ajouta-t'elle, plus
sensible à son inconstance qu'à
la mort dont elle étoit menacée,
si ce perfide a pû se résoudre à
violer la foy qu'il m'a si souvent
jurée, je ne veux point m'au-
toriser de son exemple, pour
me rendre parjure envers les
Dieux : Je lui ai promis par les
sermens les plus sacrés de lui
être constante toute ma vie ; &
je m'exposerois plûtôt aux ref-
sentimens de ma famille, que

de lui être infidele : Ne me re-
presentez point, Posthumius,
les suites fâcheuses de ma constance ; j'ai resolu malgré tout
évenement, de conserver ses
Lettres comme le gage d'un
amour, qui me sera toûjours
prétieux.

Posthumius instruit des sentimens de la Vestale, alla rendre compte au grand Pontife
de sa négociation ; il affermit
Graccus dans la resolution de
presenter Requête au Sénat,
afin de laver dans le sang de sa
sœur, la honte qui rejalliſſoit
sur sa famille : Il voulut avant
d'en venir à ces extremités, que
Tucia fut chargée par deux témoins irreprochables ; il lui
sembloit que la seule déposition

de Nevia, n'étoit pas suffisante
pour obtenir la justice qu'il se
proposoit ; & s'informant au
Pontife, si l'on ne trouveroit
point une Vestale qui voulut,
suivre l'exemple de Nevia, on
lui indique Virginie, qui depuis long-tems avoit lieu de
se plaindre de Tucia : l'étroite
amitié qui les rendoit autrefois
inséparables, avoit été interrompuë par quelques mesintel-
ligences, & les Vestales les plus
desinteressées convenoient que
dans cette occasion on pouvoit
taxer Tucia d'ingratitude: mais
Virginie, bien loin de ressem-
bler à ces ames basses & vindi-
catives, qui cherchent avec em-
pressement de satisfaire leur
animosité, oublia non-seule-

ment fon propre reffentiment, mais par une génerofité qui eft héreditaire dans fon illuftre Maifon, elle blâma celles qui par une lâche politique gardoient le filence ; elle ne fe contenta point de rendre un témoignage authentique de la vertu de Tucia, & de rejetter fur l'envie le crime dont on l'accufoit : mais par une grandeur d'ame qui fait honneur à fon fexe, elle s'emporta jufqu'à faire dire à Pofthumius, que fi il étoit affés hardi de la venir interroger fur ce fujet, qu'elle ordonneroit à fes Efclaves de le chaffer de fon appartement.

Le Pontife étoit trop habile, pour ne point cacher à Graccus le difcours de Virginie : Il lui

lui fit entendre que la dépofi-
tion de Nevia, deftinée depuis
long-tems à obferver la conduite des autres Veftales, feroit
d'affés grand poids pour faire
condamner Tucia ; & l'exhor-
tant enfuite d'avoir l'honneur
des Graccus en recommanda-
tion, il obligea ce frere, par
une cruauté fans exemple, de
demander au Sénat le fang de
fa propre fœur.

Cette Requête conçûë en
des termes les plus emportés,
fervit d'entretien à la Ville de
Rome ; les uns, fuivant le tor-
rent du vulgaire, ne pouvoient
s'imaginer qu'un frere qui aimoit fi tendrement fa fœur, en
vînt à de fi grandes extremités :
ceux qui affectoient d'avoir de

hauts fentimens, lui donnoient les mêmes loüanges, dont on combloit autrefois ces Illuftres Romains, qui préferant les interêts de leur Patrie à ceux de leurs familles, immoloient leurs fils pour le bien public : enfin, tous rejettant la faute fur Calatinus, fuivoient aveuglement les mauvaifes impreffions que les Saliens en avoient donné ; fes amis qui étoient au Sénat, lui confeillerent de fortir de Rome ; & il n'auroit jamais cedé à leurs prieres, fi à l'exemple de Coriolanus, il ne fe fût retiré chez les ennemis de la République, pour vanger un jour l'injure faite à l'honneur de fa maîtreffe.

Le Pontife apprenant fon

évafion, follicite le Sénat de rendre un prompt jugement fur une affaire de cette importance : il fait paffer cette fuite, comme un aveu tacite du crime de Calatinus ; il excite le Peuple à demander réparation de l'attentat commis au Temple de Vefta ; la grande Veftale même oubliant fa bonté naturelle, & croyant Tucia coupable, vouloit faire revivre par cette féverité l'ancienne difcipline, qui commençoit déja à fe relâcher.

Le Conful Torquatus ayant convoqué le Sénat, ordonna à Sempronius, Cenfeur, de faire comparoître la Criminelle ; le Peuple affemblé, attend avec impatience que Tucia paroiffe :

mais quel fut son étonnement, bien loin de remarquer en elle cette crainte, qui est presque toûjours inséparable du crime : on lisoit dans ses yeux, une modeste assûrance, qui parloit en faveur de sa vertu ; sa démarche noble & majestueuse inspiroit en la voyant le respect & l'admiration ; une pudeur aimable, répanduë sur son visage, donnoit un nouvel éclat à sa beauté ; l'innocence qui accompagne ses regards, défarme les Juges les plus sévéres : |Enfin les Sénateurs ayant fait garder un profond silence, elle leur parla ainsi.

Faut-il, O Romains ! que Tucia soit obligée de répondre à de semblables accusations?

Et ne suffiroit-il pas de dire,
que c'est Tucia qu'on accuse,
pour croire qu'elle est innocente ; non , je vois bien , que
sans me souvenir ni de ma condition ni de ma vertu , il faut
que je me mette en état d'être
condamnée, & qu'il seroit inutile de me justifier devant mes
Accusateurs , mes Ennemis , &
mes Juges tout ensemble : mais
je ne pense pas, que je parle
devant la plus Auguste Assem-
blée de l'Univers, que la Justice & l'équité sont le plus ferme apuy de cet Illustre Corps;
que la sagesse & le discerne-
ment leur ont été départis par
les Dieux, pour proteger l'innocence opprimée ; & si la presence du Pontife, que j'entrevois

parmi mes Juges, m'afflige;
si la pourfuite d'un frere, qui
demande ma mort, me trou-
ble; si l'infidelité de mes Efclaves me couvre de confufion, je me raffûre, autant fur
mon innocence, que fur l'é-
quité de vos Jugemens; ne pen-
fez pas cependant que je parle
avec intention de vous fléchir,
je fonge plûtôt à conferver ma
réputation, qu'à vous rendre
fenfibles à mes malheurs : ce
n'eft ni la crainte de la mort,
ni le défir de la vie qui me
font tenir un femblable langage; la mort ne me prépare que
des plaifirs ; la vie ne me donneroit que des fuplices, s'il
falloit par des baffeffes calmer
la haine de mes perfecuteurs,

ce n'eſt donc point l'eſperance d'échaper du peril dont je ſuis menacée, qui me fait aporter tant de ſoin de me juſtifier; ſi l'on ne demandoit que ma mort, je la recevrois avec tant de conſtance, qu'elle donneroit peut-être quelque confuſion à ceux qui me perſecutent; mais puiſqu'on attaque autant mon honneur que ma vie, il y auroit de la lâcheté à ſouffrir la calomnie, ſans la repouſſer; mon ſilence pouroit même paſſer dans les eſprits foibles, pour un aveu tacite de mon crime, & mon inocence & ma gloire me doivent être trop prétieuſes, pour les négliger en cette occaſion. Apprenez - donc , Romains ,

que le peu de beauté dont les
Dieux m'ont ornée, a été la
source fatale de tous mes malheurs ; & si le Pontife n'eut
point ressenti pour moi quelque
foiblesse, je ne me verrois point
obligée de parler aujourd'hui
d'un homme, que j'avois toûjours regardé comme le modele
le plus parfait de la sagesse ; il
peut s'en trouver dans le monde qui se feroient fait un doux
amusement de l'écouter, qui
plus soigneuses de mettre leur
honneur à couvert, que de conserver leur innocence, n'auroient point eu de honte de se
prostituer à une personne si sacrée, & qui fortifiées par leur
propre penchant, se feroient
laissées entraîner à des discours

flatteurs & relâchés : pour moi,
fi j'avois eu cette foibleſſe ,
j'aurois mieux aimé me livrer
au dernier des Eſclaves, que
de dérober aux Dieux un homme qui eſt né pour les ſervir :
Je ne ſuis donc criminelle que
pour avoir été trop vertueuſe ;
mais, *j'aime mieux le paroître aux
yeux des Peuples, que de l'être
effectivement.* oüi, Romains, bien
loin de le flatter par quelque
eſperance, bien loin de n'op-
poſer à ſa paſſion que des foibles obſtacles , je mis tout en
uſage pour lui perſuader d'é-
touffer un amour ſi funeſte à
la Republique : J'évitois avec
ſoin ſa rencontre ; je fortifiois
chaque jour ma vertu contre
ſes attaques ; je me faiſois un
plaiſir

plaisir sécret de ses douleurs ; je m'applaudissois à moi-même de mon insensibilité : mais, ô Dieux, vous voulûtes punir ma présomption, vous voulutes me faire éprouver que les hommes ne sont que foiblesse, & que les vertus que nous possedons sont bien plûtôt l'effet de vos bontés que de nôtre propre merite; vous m'abandonnâtes à moi-même, vous fîtes paroître à me yeux Calatinus ; il n'avoit point cet air hipocrite & affecté, mais un air simple & ouvert; son visage, où les graces naïves étoient peintes, sembloit être fait pour désarmer les cœurs les plus insensibles, des yeux modestes & pleins de feu, un agréable embarras que le respect &

l'amour faifoient naître ne par-
loient que trop en fa faveur :
ce fut, Romains, cette modefte
pudeur, ces regards innocens,
cet amour timide, qui fçûrent
impofer un trifte joug à toute
ma fierté. Je me fentois entraîner par une douce fimpatie, à
lui accorder mon eftime & ma
tendreffe : enfin, les Dieux qui
nous avoient deftinés à nous
aimer, firent naître l'occafion
à Calatinus de m'entretenir de
fon amour ; mais il fut toûjours
fi refpectueux, fes fentimens
fi tendres & fi délicats, que
Tucia crût qu'elle pouvoit l'aimer fans bleffer fon devoir ;
Je l'aimerai donc, mais d'un
amour qu'une Veftale peut
avoüer fans rougir. Cependant

le Pontife irrité de cette juste
préference, employé tout pour
me perdre, il arme contre moi
mon propre frere : il l'excita à
demander publiquement ma
mort. Oüi, mon frere, si j'ose
encore vous appeller ainsi ,
pourquoi la demander au Sénat;
vous deviez me la demander à
moi-même: j'ai assés de courage
pour vous obéir, & assés d'amitié
pour vous satisfaire. J'aurois eu
la consolation de mourir innocente aux yeux des Romains. Je
ne serois point descenduë dans
le Caveau plein d'infamie : j'aurois conservé par ma mort la
gloire des Graccus, qui se va
ternir par mon suplice ; mais
puisque c'est vous qui m'ordon-
nez de mourir, je ne veux que

me justifier, & toute innocente
que je serai, vous faire après
cela un sacrifice de ma vie ; il
vous sera d'autant plus agréable, que votre gloire & la mienne n'y seront point interessées :
mais je vous vois déja attendri,
mon discours vous auroit-il
touché ? vos larmes ne me le
disent que trop : vous vous re-
pentez d'avoir suivi les mauvais
conseils des Saliens. O Ciel !
quel prodige ! quel renverse-
ment ! quelle vicissitude, qu'une
crainte des Dieux mal fondée,
n'est-elle point capable de pro-
duire ; la grande Vestale qui
m'avoit toûjours si tendrement
aimée, à la premiere parole du
Pontife m'abandonne : celle
qui dans toutes les occasions
avoit eu mille bontés pour moi,

force aujourd'hui sa bonté naturelle pour me persécuter; celle enfin, qui m'avoit tenu lieu d'une tendre mere, s'éléve contre moi; & non contente de vouloir ma mort, veut que je la subiſſe ignominieuſement. O Dieux ! faut-il que je meure ainſi ! oüi je le dois ; mais j'ai la conſolation avant de mourir, que mes ennemis me rendent juſtice. Si Nevia , à qui j'ai donné des marques d'une ſincere amitié me trahit, je vois Virginie, à qui j'avois eu le malheur de déplaire, rendre un témoignage autentique à ma vertu. Oüi, genereuſe Virginie, ſi les Dieux m'avoient permis de vivre plus long tems, quel plaiſir n'aurai-je point eu de cultiver votre amitié ? quelle satisfaction pour moi de vous faire oublier par une reconnoissance éternelle les justes sujets que vous aviés de vous plaindre ? mais puisqu'il ne me reste plus aucune esperance de vivre avec vous, c'est vous, ô Dieux que j'implore, pour recompenser cette grandeur d'ame : Et vous Romains, élevés des Statuës à cette Illustre Vestale, pour immortaliser cette action heroïque. Il est donc inutile de me justifier, puisque mes ennemis prennent ce soin ; mais si pour me rendre innocente, il faut dissimuler l'amour que j'ai pour Calatinus, je ne veux point être innocente à ce prix. Oüi, mon cher Calatinus, mon plus grand

crime eſt que je ſuis malheureuſe, & que vous m'aimiez ;
mais veüille le Ciel que je ſois
toute ma vie criminelle de cette
ſorte : continuez à leur donner
de nouveaux ſujets de me haïr
en m'aimant toujours ; témoi-
gnez-leur, que la victime qu'ils
vont immoler vous ſera toujours chere, & pour votre gloire autant que pour la mienne ;
faites-leur connoître que l'affec-
tion que vous avez eu pour moi
a eu de légitimes fondemens :
cachez-leur mes défauts ; exa-
gerez avec ſoin le peu de bon-
nes qualités qui ſont en moi :
dîtes-leur que la tendreſſe que
j'ai eu pour vous, m'a tenu lieu
de mérite ; & qu'enfin, vous
trouviés dans ma perſonne un

digne objet de vôtre amour :
Pour moi, je ne suis pas en peine de justifier celui que j'ai pour
vous ; vôtre valeur & vôtre mérite sont si generalement recon-
nus de toute la terre, que je n'ai
que faire de dire par quelle raison je vous aime : Non , Romains, je n'ai point de honte
d'avoüer ma foiblesse : le seul
regret que j'ai de mourir : est
d'abandonner Calatinus ; si ma
mort étoit un effet de son inconstance, qu'il eut changé de
sentimens pour moi, que son
mépris m'eût procuré mes malheurs, j'aurois du moins la consolation de me plaindre de lui ;
je soulagerois mon cœur, en
l'appellant ingrat & perfide :
je pourrois esperer de mourir

en

en le haïssant, & soit par res-
sentiment ou par gloire, je me
séparerois de lui sans verser aucune larme ; mais de la façon
que les choses sont disposées,
je ne vois partout que des sujets
de m'affliger, & rien qui puisse
adoucir ma douleur : je ne perds
pas seulement un Amant, je
perds un Amant fidele, & le
perds d'une maniere qui ne me
permet pas de me plaindre de
lui : je meurs la plus malheu-
reuse personne qui fut jamais :
mais, que dis-je, insensée que
je suis, c'est par là que je trouve
quelque sujet de consolation,
puisque je quitte Calatinus, &
que ce n'est pas lui qui me quitte. O cruel Amour! falloit-il lier
nos cœurs d'une si aimable chaî-

ne, pour nous séparer si cruel-
lement, falloit-il nous promettre tant de douceurs, pour ne
nous faire verser que des larmes!
Oüi, Romains, notre amour
s'est accrû au milieu des pleurs
& des soupirs; quelquefois mon
désespoir étoit si grand, que ne
pouvant vivre heureuse auprès
de lui, je souhaitois que nous
fussions toûjours malheureux,
pourvû que nous le fussions ensemble. Cet injuste sentiment ne
duroit pourtant guére à mon esprit; & passant d'une extremi-
té à l'autre, j'aurois voulu être
encore plus infortunée, & qu'il
ne l'eût pas été : Oüi, mon cher
Calatinus, je voudrois finir mes
jours pour prolonger les votres,
& emporter dans mon cœur votre douleur avec la mienne :

mais, que dis-je, il n'y a que la
douleur de Calatinus qui puisse
me consoler ; il n'y a que ses larmes qui puissent diminuer l'a-
mertume des miennes, & dans
le miserable état où je suis ré-
duite , je ne puis rien voir de
plus doux, que de le voir infini-
ment affligé : encore s'il m'étoit
permis de lui dire un dernier
adieu ; s'il m'étoit permis de
lui faire à lui-même un sacrifice de ma vie , de lui réite-
rer les tendres protestations de
notre amour de recevoir les
siennes ; j'aurois songé , que je
serois morte pour lui , & je serois morte contente ; mais puisque le Ciel me refuse cette seule consolation , qu'il veut que
je meure éloignée de lui. O

Dieux ! je ne me plains point de votre injuſtice. Ramaſſez contre moi toute votre colere ; puniſſez dans ma perſonne les crimes de tous les Romains : mais du moins dans votre couroux, épargnez Calatinus, épargnez ſon innocence & ſon amour ; que je ſois ſeule la victime de cette paſſion. Trop heureuſe, ſi à l'éxemple des Decius, je puis en mourant emporter les crimes de ma Patrie. La ſeule grace que je vous demande, ô Romains, ſi vous reconnoiſſez mon innocence, entretenez-vous quelquefois de mes malheurs ; parlez avec ardeur de l'amour que Calatinus a eu pour moi & de celui que j'ai eu pour lui. Dépeignez cette paſſion

auſſi forte, auſſi pure & auſſi
fidele qu'elle a été : Détrompez
ceux qui croyent que le crime
eſt la nourriture de l'amour,
& qui penſent qu'une paſſion
légitime ne peut être ni arden-
te, ni longue, ni agréable : Ap-
prenez-leur, que Calatinus &
moi, donnons un exemple qui
détruit toutes leurs experiences
& tous leurs raiſonnemens :
Parlez-donc avec éloge de cette ſainte liaiſon, qui forme
deux perſonnes vertueuſes à
s'aimer éternellement : Et vous,
ô Dieux ! ne ſouffrez pas, que
Tucia paſſe dans les ſiecles à venir pour un monſtre d'impudicité ; que ſa memoire ſoit en
execration dans le genre hu-
main ; que ſes deſcendans ayent

honte de la mettre au nombre
de leurs Ancêtres : & vous, Auguste Vesta , si j'ai conservé ma
chasteté en célébrant vos sacrés
mysteres , si les sacrifices que
je vous ai offerts vous ont été
agréables ; enfin , si j'ai rempli
dignement les devoirs qui m'é-
toient prescrits , ne permettez
point , ô puissante Déesse !
qu'on souille la memoire d'une
Vestale , qui consacrée dés sa
plus tendre enfance à votre service, a entretenu le feu sacré
avec une pureté digne de votre
gloire ; faites que les Romains
reconnoissent mon innocence ;
que mes persécuteurs soient
confondus, & que votre justice
éclate.

Tucia fut interrompuë par

un bruit horrible & confus qui
jetta d'abord une consternation
generale dans le Senat. Le Mont
Aventin en gémit , les sacrés
Anciles se détacherent de leur
place , le fatal Palladiom donna des signes évidens d'une
ruine prochaine , la foudre tom-
ba sur le Temple de Mars , &
renversa la Statuë de Minerve:
Enfin, les Dieux déclarerent leur
couroux par de si funestes pré-
sages, qu'ils ne laisserent aucun
doute aux Romains que leur
Patrie ne fût menacée de quelque grãd malheur. Le peuple en
foule parcouroit les Temples ,
pour appaiser par des sacrifices
la colere des Dieux. On fit as-
sembler dans le Capitole le Sacré College des Augures ; on
N iiij

confulta le chant des oifeaux ;
mais les fignes en fûrent tous fi
contraires, que pour en prévenir les malheurs on eut recours
aux Oracles. La Prêtreffe qui
étoit deftinée à interpréter les
volontés du Ciel, ne pouvant
plus retenir l'efprit prophéti-
que qui l'agitoit, rompit le filence en ces termes :

Que le crible à la main , la V ftale accufée
aille puifer de l'eau ,
Et fi l'eau fe retient dans cette Urne percée .
Qu'on ne lui parle plus des horreurs du
Caveau.

Le Senat ordonne à Tucia
d'executer la prédiction de
l'Oracle : Elle prend un crible
& fe tranfportant fur le bord

du Tibre, elle le remplit d'eau sans qu'il s'en écoulât une seule goute. Alors tout le peuple surpris d'admiration de voir l'innocence de Tucia entierement reconnuë, témoigna sa joye par mille cris d'allégresse, & la reconduisit en triomphe au Capitole. Le Senat pour recompenser sa vertu, fit un Décret par lequel on lui permit d'épouser Calatinus: Avant le tems prescrit, l'on fit des réjoüissances publiques, & l'on représenta des jeux où plusieurs Gladiateurs combattirent contre des Bêtes féroces, pour honorer un Hymen, qui a donné dans la suite de grands Hommes à la Republique.

FIN.

ge, caractere, conjointement ou féparément, & autant de fois que bon lui femblera, & de le vendre, faire vendre & débiter par tout notre Royaume pendant le tems de *trois années* confécutives, à compter du jour de la datte defdites Préfentes : Faifons detfenfes à tous Imprimeurs-Libraires & autres perfonnes de quelque qualité & condition quelles foient, d'en introduire d'impreffion étrangere dans aucun lieu de notre obéïffance : A la charge que ces Prefentes feront enregiftrées tout au long fur le Regiftre de la Communauté des Libraires & Imprimeurs de Paris, & ce, dans trois mois de la datte d'icelle ; que l'impreffion dudit Livre fera faire dans notre Royaume & non ailleurs, en bon papier & en beaux caracteres, conformément aux Reglemens de la Librairie ; & qu'avant que de l'expofer en vente, le Manufcrit ou imprimé qui aura fervi de copie à l'impreffion dudit Livre, fera remis dans le même état ou l'Approbation y aura été donnée, és mains de Notre très cher & Féal Chevalier Chancelier de France le Sieur Daguefſeau , & qu'il en fera enfuite remis deux Exemplaires dans notre Bibliotheque publique, un dans celle de notre Château du Louvre, & un dans celle de notre très cher & Féal Chevalier Chancelier de France le Sieur Daguefſeau

le tout à peine de nullité des Presentes ;
du contenu desquelles, Vous mandons &
enjoignons de faire jouir l'Exposant ou ses
Ayans causes pleinement & pasiblement,
sans souffrir qu'il leur soit fait aucun trouble
ou empêchement : Voulons qu'à la co-
pie desdites Presentes, qui sera imprimée
tout au long au commencement ou à la
fin dudit Livre, foy soit ajoûtée comme
à l'Original : Commandons au premier notre Huissier ou Sergent, de faire pour l'e-
xecution d'icelle tous Actes requis & necessaires, sans demander autre permission
& nonobstant Clameur de Haro Charte
Normande & Lettres à ce contraires : CAR
tel est notre plaisir. Donné à Paris, le hui-
tiéme jour du mois de Janvier, l'an de grace
mil sept cent vingt-deux, & de notre Regne le septiéme.

Par le Roy en son Conseil.

FOUBERT.

*Registré sur le Registre Ve de la Communauté
des Libraires & Imprimeurs de Paris, pag. 48
N° 51. conformément aux Reglemens, &
notamment à l'Arrêt du Conseil du 13 Aoust
1703. A Paris, le 23 Janvier 1722.*

Signé, DELAULNE, *Syndic.*